SEIS ANILLOS

"Más Allá de los Límites Imaginados de la Ciencia del Bienestar Cerebral y la Adicción"

Volumen 1 de 3: PREPARACIÓN Y RESTAURACIÓN

Clínicas Privadas

"…más allá de la ciencia…más allá de las fronteras ™"

Profesor Dr. Bankole A. Johnson

Diseño y producción de Fleur Fernández, Nueva Caledonia, NZ.

Edición y composición por Ebuka Chukwunonso Ezike, Abuja, Nigeria.

Los datos de la catalogación en publicación de este libro están disponibles en la Biblioteca del Congreso.

Primera edición publicada por Empresa Editorial de Educación Psicológica, verano de 2020

ISBN: 978-1-63625-060-1

Publicado por la editorial Empresa Editorial de Educación Psicológica.

Este libro está disponible con descuentos especiales para compras al por mayor en los Estados Unidos por parte de corporaciones, instituciones y otras organizaciones. Para obtener más información, póngase en contacto con nosotros por correo electrónico en; info@privee-clinics.com

Dedicatoria

"Escrito en medio de una pandemia mundial, y un libro para todos los tiempos, recuerdo el amor desinteresado de mis increíbles padres que, incluso a través de sus propios éxitos y tribulaciones, me inculcaron el espíritu de tolerancia, el amor y el espíritu insaciable de mi hermana, Efun, y el gran amor de los tres osos -Alex, Julián y Carolina- que me impulsan cada día".

-Miami, Estados Unidos De América. 14 de Marzo del 2020

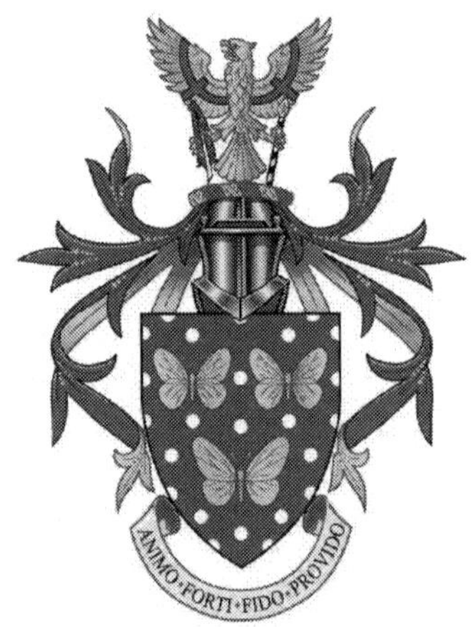

...Concedido y asignado para siempre por Bankole Akindeinde Johnson y sus descendientes con la debida deferencia y de acuerdo con las Leyes de Armas... este 24 de agosto del año 53 del Reinado de nuestra Soberana Dama Isabel II por la Gracia de Dios del Reino Unido de Gran Bretaña e Irlanda del Norte y de sus otros Reinos y Territorios Reina Jefa de la Commonwealth Defensora de la Fe y en el año de nuestro Señor 2004.

Descargo de Responsabilidad

Este libro pretende ser sólo una guía informativa para aquellos que deseen saber más sobre temas de salud. De ninguna manera este libro pretende reemplazar, contrarrestar o entrar en conflicto con los consejos dados por su propio médico. Las historias en este libro están compuestas de diferentes piezas de información y no pretenden representar a una persona, lugar, actividad o situación particular que realmente ocurrió. Los nombres dados a los personajes de la historia son ficticios y han sido elegidos para divertir al lector. La decisión final en cuanto al cuidado debe ser tomada entre usted y su médico. Le recomendamos encarecidamente que siga sus consejos. La información de este libro es general y se ofrece sin garantías por parte del autor o de la editorial - Empresa Editorial de Educación Psicológica. Este no es un libro de referencia o un libro de texto. El lector puede referirse a los libros de texto integrales estandarizados del autor para obtener información médica. El autor y el editor renuncian a toda responsabilidad en relación con el uso de este libro.

Divulgaciones

El autor no tiene ningún conflicto con su actual empleador con respecto a la publicación de este libro. El autor no está promoviendo el uso de medicamentos fuera de la etiqueta. El autor se ha desempeñado como consultor de Adial Farmacéuticos Inc., Johnson & Johnson (Ortho-McNeil Asuntos Científicos Janssen, LLC), Transcept Farmacéuticos, Inc., D&A Pharma, Organon, Adial Farmacéuticos, LLC, Empresa Editorial de Educación Psicológica Company (PEPCO, LLC), y Eli Lilly y Compañía.

Profesor Dr. Bankole Johnson

Sobre el Profesor Dr. Bankole A. Johnson

El profesor Dr. Bankole A. Johnson ha dedicado su vida profesional a descubrir métodos que ayuden a las personas a recuperarse del trastorno por consumo de alcohol a través de medios científicos y basados en pruebas. El profesor Dr. Johnson ha sido llamado "una de las personas que más contribuye al estudio de la neurociencia y la adicción". Su trabajo ha sido descrito por los expertos médicos como "un singular avance en el tratamiento de la adicción que hace avanzar la comprensión científica de la enfermedad a un nuevo nivel".

El profesor, médico licenciado y psiquiatra certificado en los Estados Unidos, ha hecho muchos progresos en la medicina y la ciencia que le han valido un sinnúmero de premios. Entre ellos se incluyen, los siguientes:

El Premio al Alumno Distinguido Superior en 2002 de la Asociación Médica Nacional; el Premio al Conferenciante Psiquiatra Distinguido de la Asociación Psiquiátrica Americana (APA) en 2006; una inducción al Salón de la Fama de Texas en 2003 por sus contribuciones a la ciencia, las matemáticas y la tecnología; el Premio Solomon Carter Fuller de la APA (un premio para personas que han sido pioneras en áreas que han mejorado significativamente la calidad de vida de la población negra); y más recientemente, el Premio al Científico Distinguido R. Binkley Smithers 2019, que representó su reconocimiento por parte de la Sociedad de Medicina de la Adicción (el mayor organismo académico y médico en materia de adicción).

En los años 2007 y 2008, respectivamente, el Prof. Dr. Johnson fue elegido como miembro del Real Colegio de Psiquiatras (Reino Unido) y Miembro Distinguido de la APA; mientras que en 2010 pasó a ser miembro del Colegio Americano de Neuropsicofarmacología, la principal organización científica del mundo en materia de psicofarmacología. También ha sido el investigador principal de varios estudios de investigación financiados por los Institutos Nacionales de Salud de los Estados Unidos (NIH) y participa en diversos exámenes de los NIH y otros comités, incluidos los paneles especiales.

Anteriormente, el profesor se desempeñó como profesor y presidente del Dr. Irving J. Taylor, en el Departamento de Psiquiatría, profesor de anatomía y neurobiología, profesor de medicina y profesor de farmacología; así como jefe de la Unidad del Consorcio de Ciencias del Cerebro de la Universidad de Maryland. También ha sido Profesor de Antiguos Alumnos y Presidente del Departamento de

Psiquiatría y Ciencias del Neurocomportamiento de la Universidad de Virginia.

El profesor Dr. Johnson también formó parte del Consejo del Instituto Nacional de Toxicomanía de 2004 a 2007 y también formó parte de su Junta Asesora Externa durante muchos años. El Profesor formó parte del consejo editorial de *La Revista Americana de Psiquiatría*, y ha revisado más de 30 revistas de farmacología, neurociencia y adicciones, mientras que personalmente, tiene más de 200 publicaciones para hablar de sí mismo. Ha editado tres libros

En la actualidad, es el fundador, presidente ejecutivo y director general de Clínicas Privadas, con sede en Miami, y el fundador y director médico de Adial Farmaceuticos Inc.,[1] una empresa que cotiza en el NASDAQ. El profesor Dr. Johnson también es profesor de Ciencias Biomédicas en la Universidad de Larkin en Miami.

Ganó la atención nacional por su aparición en el documental *Adicción* 2007 de Home Box Office (HBO), que ganó el Premio del Gobernador (un premio especial Emmy) de la Academia de Artes y Ciencias de la Televisión. Siendo este el más alto premio presentado por la Academia. También apareció en el

---

[1] Ver también: https://www.adialpharma.com

estimado especial de la CNN de 2009, presentado por el Jefe corresponsal médico Dr. Sanjay Gupta, llamado *Adicción: La Vida al Límite*

El punto culminante de la trayectoria académica del Dr. comenzó con una licenciatura en medicina en la Universidad de Glasgow en 1982, y a la edad de 22 años ya era médico en ejercicio; se formó en psiquiatría en los hospitales reales de Londres, Maudsley y Bethlem. Además, el Prof. Dr. Johnson fue entrenado clínicamente en Medicina de Adicción y Psiquiatría Forense.

En su formación adicional, el Prof. Dr. Johnson obtuvo una Maestría en Filosofía (MPhil) del Instituto de Psiquiatría de la Universidad de Londres por su investigación epidemiológica y basada en estadísticas computacionales sobre la relación entre los rasgos obsesivos y los factores neurológicos en los niños. Posteriormente, el profesor realizó estudios en neuropsicofarmacología basados en la forma en que las vías cerebrales se ven afectadas por el alcohol y otras sustancias, así como métodos para desarrollar medicamentos eficaces apuntando a esas vías para su tesis doctoral. Su tesis doctoral fue concedida por la Universidad de Glasgow, aunque toda la investigación se llevó a cabo en la unidad del Consejo de Investigación Médica de la Universidad de Oxford. Este es un formato tradicional en Gran Bretaña donde la universidad inicial otorga el título avanzado en la misma especialidad aunque los cursos e investigaciones se hayan realizado en otro lugar.

En el Departamento de Psiquiatría de Oxford, también recibió formación clínica en medicina de la adicción.

Posteriormente, el Profesor Dr. Johnson obtuvo un segundo doctorado posdoctoral en medicina en la Universidad de Glasgow, el más alto grado científico que se puede obtener en una universidad británica, por su trabajo sobre la importancia de las vías de señalización específicas del cerebro para la expresión molecular y los posibles objetivos de tratamiento del trastorno por consumo de alcohol y otras sustancias de las que se abusa.

El profesor ha adquirido experiencia clínica en las esferas de la biología, la psiquiatría forense, la genética molecular y las matemáticas computacionales. Sin embargo, más relevante para nuestro tema es la investigación que realizó sobre la psicofarmacología (el estudio de los cambios relacionados con la medicina en el estado de ánimo, la sensación, el pensamiento y el comportamiento) de los medicamentos para el tratamiento de la adicción.

El Profesor Dr. Bankole A. Johnson tiene muchos logros innovadores en el campo de la investigación de la adicción:

Su estudio en el año 2000, publicado en la *Revista de la Asociación Médica Americana (JAMA)*, se denominó *Ondansetrón para la Reducción de la Bebida Entre los Pacientes Alcohólicos con Predisposición Biológica: Ensayo Controlado Aleatorio*. En él se examinó a 271 personas dependientes del alcohol a las que se les administraron varias dosis de ondansetrón o un placebo, y se demostró la eficacia del tratamiento contra las náuseas, el ondansetrón, para mejorar los resultados de la reducción del consumo de alcohol entre las personas con una fuerte predisposición biológica al trastorno por consumo de alcohol.

El profesor Dr. Johnson y su grupo de investigación publicaron en 2003 un ensayo clínico de 12 semanas de duración en un solo lugar, en el que se examinaron los efectos del medicamento antiepiléptico Topiramato, en dosis de hasta 300 mg por día, en *The Lancet*, la prestigiosa revista semanal de medicina general revisada por expertos. La publicación se titulaba *Topiramato Oral para el Tratamiento de la Dependencia del Alcohol: Un Ensayo Controlado Aleatorio.*

JAMA también publicó el estudio del Profesor Dr. Johnson llamado *Topiramato para Tratar la Dependencia del Alcohol: Un*

Ensayo Controlado Aleatorio en 2007. Ese estudio reforzó los resultados de su investigación de 2003. Demostró, en un ensayo mucho más amplio, de 14 semanas de duración y realizado en varios lugares, que el Topiramato era significativamente más eficaz que un placebo para reducir el porcentaje de días en que los participantes bebían mucho durante el curso del estudio.

El Prof. Dr. Johnson fue miembro del grupo de investigación de múltiples centros que en 2006 publicó (en la *JAMA*) el histórico estudio de 16 semanas titulado *Farmacoterapias e Intervenciones Conductuales Combinadas para la Dependencia del Alcohol: El Estudio Combinado: Un ensayo controlado aleatorio.* El estudio determinó que entre 1.383 participantes, la Naltrexona, no el Acamprosato, o incluso una combinación de ambos, mostró eficacia en el tratamiento de la dependencia del alcohol.

En 2010, de conformidad con los exitosos estudios del Profesor Dr. Johnson con una dosis ultrabaja de Ondansetrón para el tratamiento del trastorno por consumo de alcohol (que le ha valido más de 80 patentes mundiales), fundó Adial Farmacéuticos, Inc. que ahora figura plenamente en la lista de intercambio del NASDAQ. Además, fue Presidente de Adial Farmacéuticos Inc. durante nueve años y ahora es su Director

Médico, dedicado a completar sus ensayos de registro de fase 3 para su aprobación en Europa.

El Profesor y sus colegas, en 2011, revelaron el primer estudio prospectivo en el campo de los trastornos por consumo de alcohol en el que se seleccionaron individuos para el tratamiento con Ondansetrón por su perfil genético específico. Esta fue la primera demostración clara en el campo del tratamiento del alcohol de que un enfoque de medicina personalizada puede aplicarse de manera efectiva y exitosa en el manejo del trastorno por consumo de alcohol. Este estudio, titulado *Enfoque Farmacogenético en el Gen Transportador de Serotonina como Método para Reducir la Gravedad del Consumo de Alcohol*, se publicó en marzo del mismo año en *La Revista Americana de Psiquiatría* y fue financiado por los Institutos Nacionales de Salud (NIH). [2]

Más del 95 por ciento de la financiación de la investigación del Profesor Dr. Johnson ha venido de los NIH. Esto significa que prácticamente todo el trabajo realizado en su laboratorio y clínicas ha sido financiado por el NIH y son, por lo tanto, independientes de la industria farmacéutica. El Profesor Dr.

---

[2] http://corporate.uvahealth.com/news-room/archives/genetically-targeted-medication-shows-great-promise-in-treating-alcohol-addiction

Johnson, sin embargo, consulta para la industria, incluso cuando no está directamente involucrado en la realización o la información de esos trabajos (véase las Divulgaciones). Entre estas Divulgaciones cabe destacar que es consultor de la empresa de biotecnología que fundó, que pertenece en parte a la Fundación de Patentes de la Universidad de Virginia, que trata de comercializar sus descubrimientos.

El Profesor Dr. Johnson cree que -como es el curso normal del desarrollo de medicamentos- la comercialización de sus inventos es la forma más directa en que los descubrimientos pueden ser llevados a la gente de todo el mundo de una manera organizada, eficiente y segura.

Como cabe esperar, el Profesor también se beneficiará financieramente de estos intereses comerciales; sin embargo, trascendiendo cualquier conflicto de intereses percibido, está su firme creencia de que los medicamentos son fundamentales para ayudar a las personas con adicción a superar su enfermedad. El desarrollo de estos nuevos medicamentos se producirá gracias a un mayor conocimiento de las bases neurocientíficas de la adicción. El Profesor Dr. Johnson practica esta creencia tanto en su trabajo clínico y científico como en sus escritos, que incluyen este libro.

En resumen, la vida profesional del Profesor Johnson se ha dedicado a desarrollar medicamentos para tratar los trastornos adictivos y a comprender los mecanismos cerebrales que subyacen a la enfermedad. Además, se dedica a la comprensión más amplia de la ciencia del cerebro en la salud y en la enfermedad, y a encontrar métodos para optimizarla. Los importantes descubrimientos del Profesor Dr. Johnson en este campo han fortalecido su creencia de que los medicamentos son un componente esencial para el tratamiento de las enfermedades adictivas. Su filosofía es apuntar a:

"El tratamiento adecuado para el paciente adecuado en el momento adecuado y durante el tiempo adecuado."

El Profesor trabaja para el día en que todos los que padecen adicciones puedan ser tratados, como cualquier otra dolencia médica, con medicamentos eficaces y el apoyo psicosocial adecuado. De hecho, su creencia es que los medicamentos, la terapia genética y otros mecanismos para alterar la función cerebral son esenciales para el futuro tratamiento de las enfermedades adictivas, y que esto se generalizará mucho más - tal vez el punto de discordia más importante para las personas que no podrían estar de acuerdo con este punto de vista. El Profesor Dr. Johnson está comprometido con una mayor comprensión de la ciencia del cerebro y lo entreteje en este libro a través de las historias con temas artísticos y musicales apropiados.

El avance de la neurociencia seguirá proporcionando medicinas e intervenciones médicas cada vez mejores, y la evidencia - la verdadera fuerza de la ciencia - finalmente ganará. El Profesor Dr. Johnson se esfuerza por la esperanza, que parece estar dando sus frutos, de que habrá una solución médica efectiva para aquellos con enfermedades adictivas. Cree que así se frenará la estigmatización de los que padecen una enfermedad adictiva, se armonizarán los tratamientos con la medicina convencional y se reducirá (y, con suerte, algún día se eliminará) el sufrimiento y la muerte de los afectados por una adicción.

Seguramente, ese es un objetivo que todos podemos esperar, independientemente de nuestras creencias.

Reconocimientos

Algunas de las imágenes utilizadas en el libro son de dominio público en los Estados Unidos porque se publicaron por primera vez fuera de los Estados Unidos antes del 1° de enero de 1925. Otras jurisdicciones tienen otras normas. Nótese también que estas imágenes pueden no ser de dominio público en el Noveno Circuito si se publicaron por primera vez el 1° de julio de 1909 o después, en incumplimiento de las formalidades de los Estados Unidos, a menos que se sepa que el autor murió en 1949 o antes (hace más de 70 años) o que la obra fue creada en 1899 o antes (hace más de 120 años).

Tabla de Contenido

Prólogo

Seis Anillos ha cambiado la forma en que veo la adicción. Es una enfermedad que puede invadir la mente. Ves cuán fácilmente esas adicciones destructivas pueden entrar en tu vida insidiosamente. La adicción no se trata sólo de "ellos", las otras personas. Puede afectarnos a todos. Sí, la mayoría de la gente lo sabe conscientemente, sin embargo, este libro te ayuda a sentir que es verdad. Aumenta tu empatía.

De hecho, la mayoría de nosotros tenemos adicciones, algunos tenemos suerte porque las consecuencias de nuestras adicciones no son inmediatamente dañinas. Pero incluso si no te consideras un adicto, disfrutarás inmensamente de este libro. La adicción es el resultado del funcionamiento del cerebro. Sabemos que nuestro cerebro es importante, pero no hacemos acciones o esfuerzos conscientes para cuidar la salud de nuestro precioso cerebro. ¿Cuándo nos tomaremos en serio nuestro cerebro?

Este libro examina todas las cosas que los libros de autoayuda tratan de abordar mirando directamente a la fuente de todo, la mente. El Profesor Dr. Johnson nos lleva al cerebro, a través de un viaje de fascinantes parábolas, música, arte y ciencia. Nos muestra cómo se puede mejorar la salud del cerebro y utilizar herramientas para guiar al cerebro para vencer la adicción, pero también para lograr mucho más.

El Profesor Dr. Johnson tiene uno de los cerebros más fascinantes que he encontrado. Siempre me he maravillado de su habilidad para lograr tanto con su tiempo. Si ven la investigación que ha hecho es impresionante y abrumadora. Ha utilizado y conscientemente empujado los límites de su propio cerebro de una manera notable. Así que estoy encantada de que comparta parte de este conocimiento en este libro en lugar de sólo aquellos asociados cercanos, pacientes y amigos que han tenido el honor de comunicarse y aprender de él.

La investigación y la academia es uno de los muchos aspectos del Profesor Dr. Johnson. Sus muchas dimensiones adicionales se presentan aquí a través de sus historias personales, creatividad, inteligencia emocional, mundanalidad, sofisticación y aventuras vitales. La mayoría de la gente tendría que vivir muchas vidas para experimentar las mismas cosas que él tiene en una vida. La combinación de sus antecedentes y experiencias y la forma en que interactúan con cosas importantes en nuestra vida como la adicción, el racismo, la nutrición, la salud, la ciencia y la religión ha creado este viaje artístico y musical a través del cerebro y la adicción.

Jessica Johnson Papaspyridis

CEO, Newswise Inc.

Introducción a la Serie

La mayoría de la gente no parece preocuparse por mejorar el rendimiento de sus cerebros. De hecho, es uno de los órganos "silenciosos", sin embargo, es el que más predominantemente depende de nosotros. Nuestro conocimiento del cerebro, y cómo cuidarlo, típicamente proviene de la información sobre las enfermedades que pueden afectarlo. Tal vez, las veces que más nos damos cuenta de nuestro cerebro, es cuando está expuesto a un exceso de indulgencia o induce cambios de comportamiento, lo que puede alterar nuestras vidas.

En particular, hay mucha información errónea sobre cómo el alcohol y el abuso de sustancias afectan al cerebro. Peor aún, los tratamientos para los desórdenes adictivos son poco conocidos. En lugar de conocimientos en la ciencia del cerebro, somos bombardeados por pociones y remedios que no funcionan; una excesiva confianza en la autoayuda; y desinformación sobre dónde y cómo buscar ayuda. En resumen, ha habido un fracaso de la educación, porque las historias de las personas que la padecen no prestan suficiente atención a su situación. En los casos en que se publican historias de adicción, tienden a ser negativas; historias de desesperación. Durante decenios, el autor se preguntó por qué los académicos no han dedicado mucha energía a escribir un libro o libros que expongan algunos fundamentos del cerebro, cómo optimizarlo y cómo mitigar el posible daño que pueden causarle el alcohol y las drogas.

Este libro es una colección de historias cortas que se componen de las experiencias pasadas del autor, personajes ficticios y coincidencias; así como una mezcla de enfoques individualizados y un tratamiento personalizado orientado al paciente. Evidentemente, este libro no es lo suficientemente grande como para abarcar todas las historias posibles, pero tiene por objeto proporcionar un fragmento de información.

Lo central de este libro fue el impulso para hacer estos escenarios entretenidos, de tal manera que el lector es invitado a profundizar en la comprensión de la neurociencia y los comportamientos adictivos. De hecho, el libro se vuelve más denso cuanto más se profundiza en él, y en poco tiempo, se puede encontrar un estudiante comprometido.

Este libro retrata el enfoque de PREPARACIÓN que puede ser usado para tratar al individuo en su totalidad, de una manera específica para él o ella.

A lo largo del libro, las ilustraciones, las pinturas y la música se utilizan para "establecer el tono" para la próxima sección, y para inyectar humor y atmósfera a las historias. El autor es consciente de que el arte, las formas de arte y la música son muy personales, y que sus elecciones están destinadas a ser una ventana a él y a cómo percibe su entorno.

Aquí, el autor se arriesga invitando al lector a su mundo, su vida y sus elecciones; no para evidenciar la crítica o el debate, sino para añadir sabor, color y humanidad a las historias.

El autor espera que disfrute de las historias, que encuentre evocada en usted la curiosidad de aprender más y, sobre todo, que comprenda la rica complejidad de la optimización del cerebro y el tratamiento de las enfermedades que pueden afligirlo.

El libro no es ni prescriptivo ni un libro de texto estandarizado. No es un método basado en un algoritmo para un enfoque de tratamiento para trastornos cerebrales particulares. Esencialmente, es una visión personalizada que reúne ciertos hechos y conocimientos para proporcionar un panorama de opciones y oportunidades, a partir de las cuales el clínico puede tomar decisiones. Se proporcionan referencias para aclarar el texto, pero no pretenden ser exhaustivas. Se hace un uso extensivo de la información en línea para que el nivel del libro sea más "fácil de leer" y, desde luego, para que el lector se sienta aún más atraído por la historia utilizando un lenguaje y ejemplos sencillos.

Hay una breve sección que documenta un posible caso de un individuo preocupado por contactar con el virus COVID-19, quizás un signo de la próxima pandemia que se avecina. En resumen, este libro es un acercamiento al lector para que se sumerja en el smörgåsbord de la apreciación de los misterios que rodean el funcionamiento del cerebro humano tanto en la salud como en la enfermedad y para proporcionar una precisión de los nuevos desarrollos revolucionarios en el tratamiento de la adicción.

El Método PREPÁRATE: Seis Anillos

Introducción al Método *Prepárate*

En el invierno de 2017, el profesor Bankole A. Johnson comenzó a formular métodos para optimizar la función cerebral mediante un enfoque de tratamiento integrado, y también para tratar el exceso de alcohol y drogas. Sabía que los mismos principios se aplicarían a todas las formas de comportamiento adictivo.

El enfoque que el profesor ideó es el método PREPARATE, que está poderosamente organizado, pero individualizado e íntimamente entrelazado para maximizar el beneficio del tratamiento de cada paciente.

Este método, también conocido como los Seis Anillos, entrelaza varios enfoques para que cada paciente mantenga y aumente el bienestar del cerebro, así como para prevenir el declive cognitivo.

Esta serie, Seis Anillos se divide en tres libros para articular el MÉTODO DE PREPARACIÓN (véase también la figura a continuación para más detalles).

Libro 1: **P**reparación y **R**estauración

Libro 2: **P**ersonalización **E**valuativa

Libro 3: **C**onciencia, **R**eactividad, y **E**levación

Este método conceptual se ha sistematizado ahora como la marca de Clínicas Privadas, que será una serie de institutos y clínicas globales. El método PREPARATE se ha desarrollado en libros secuenciales como bloques de construcción lógica para mejorar la comprensión de las ideas. En la medida de lo posible, los libros pueden ser leídos de forma independiente. El lector, sin embargo, obtendrá el mayor beneficio al progresar a través de los libros como una secuencia. Esto se debe a que los libros precedentes se construyen sobre el siguiente, y en particular, la información de fondo se incluye en el libro precedente que no se repite en el siguiente.

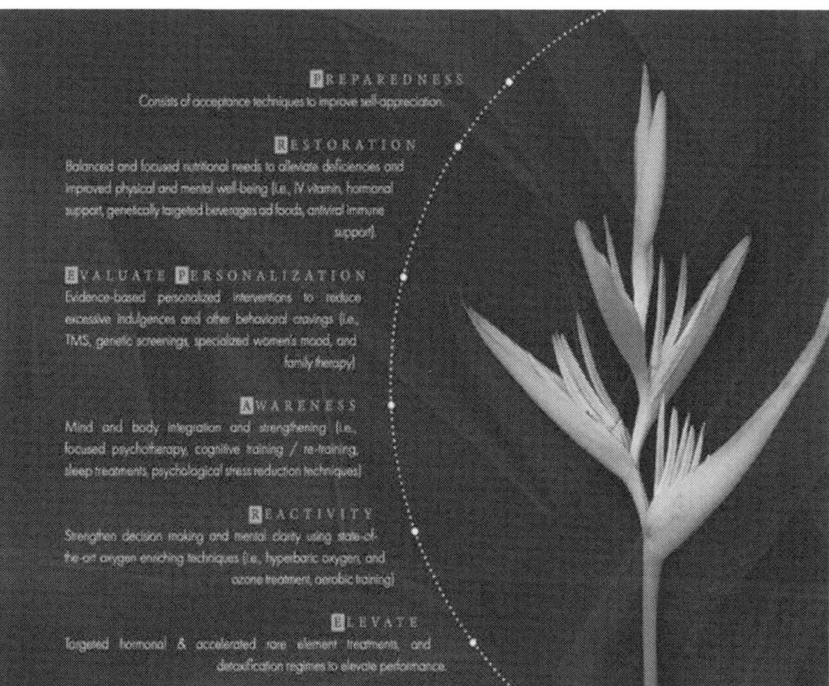
PREPAREDNESS
Consists of acceptance techniques to improve self-appreciation.
RESTORATION
Balanced and focused nutritional needs to alleviate deficiencies and improved physical and mental well-being (i.e., IV vitamin, hormonal support, genetically targeted beverages ad foods, antiviral immune support).
EVALUATE PERSONALIZATION
Evidence-based personalized interventions to reduce excessive indulgences and other behavioral cravings (i.e., TMS, genetic screenings, specialized women's mood, and family therapy)
AWARENESS
Mind and body integration and strengthening (i.e., focused psychotherapy, cognitive training / re-training, sleep treatments, psychological stress reduction techniques)
REACTIVITY
Strengthen decision making and mental clarity using state-of-the-art oxygen enriching techniques (i.e., hyperbaric oxygen, and ozone treatment, aerobic training)
ELEVATE
Targeted hormonal & accelerated rare element treatments, and detoxification regimes to elevate performance.

Introducción al Libro 1 de 3

En este libro, el primero de una serie de tres, se presenta al protagonista principal de estas historias alegóricas, el profesor Bastian Jackson.

A continuación, se presenta un breve historial de Bastian para ayudar a la comprensión del material a seguir. No es exhaustivo, ya que eso arruinaría la trama y la misión de descubrimiento para el lector. Sin embargo, debería ser suficiente para dar una idea de lo que está por venir.

Bastian es un erudito consumado con una educación compleja y un trasfondo emocional. Aunque nació en África, Bastian fue educado principalmente en Europa. Su padre, también médico, era una figura estricta y autoritaria que sólo aceptaba a los mejores. Los primeros años de Bastian fueron una lucha con su padre, a quien trató de evitar por miedo a una retribución inmerecida. Por otro lado, su madre era una empresaria de gran éxito, también en el campo de la medicina, de naturaleza amable y generosa. Bastian anhela que su propia salud emocional se parezca más a la de su madre que a la de su padre. Sin embargo, en sus últimos años, comprende el dolor de su padre por no haber sido realizado, y cómo el fácil éxito de su madre en todas las cosas le hizo perder su orgullo.

Las primeras experiencias escolares de Bastian también fueron tumultuosas y reflejaron la relación con su padre. Era inusualmente talentoso, pero eso tenía sus penalidades. Siendo el más joven de la clase por bastante margen, a menudo era intimidado por los chicos "más grandes". Pero Bastian es un superviviente y no se echaría atrás. De hecho, Bastian desafiaba a los matones repetidamente hasta que estaban tan hartos de lastimarlo que se rindieron. Para Bastian, esto era una victoria moral. ¡Fue la resistencia!

La naturaleza de Bastian lucha contra sus antecedentes personales. Convertirse en médico científico no fue su primera vocación. De hecho, fueron las artes y la música. En estas historias alegóricas, Bastian obtiene tanto comprensión como consuelo de piezas fundamentales del arte y la música. Es un amante de muchas formas musicales, pero sobre todo ama la ópera.

Académicamente, a pesar de no haber tenido una infancia fácil, era médico cuando la mayoría de los jóvenes comenzaban su carrera universitaria. Esta exposición a las duras vicisitudes de la práctica de la medicina, tan cercana a su propia infancia, y la temprana muerte de sus propios padres, son los demonios con los que Bastian lucha hasta hoy.

Es por su pasado, y su presente en evolución, que Bastian es un médico altamente sensible que siempre está buscando el significado más profundo en todas sus interacciones. No cree en las coincidencias y cree firmemente que siempre hay muchas pistas y caminos para entender a sus pacientes. El entrenamiento único de Bastian en las ciencias psicológicas y biológicas le permite mezclar ambas sin problemas.

Bastian es un médico científico muy consumado, uno de los mejores en su campo, pero siempre está empujando los límites de la ciencia a través de su investigación. Sus primeros años de vida profesional están llenos de desafíos para probarse a sí mismo, una lucha que más tarde se ve recompensada por los elogios.

Conocemos a Bastian en este libro a una década del presente. Así, en esta serie, los libros están escritos en medios de comunicación pero con flashbacks entre tiempos.

En la primera parte, Bastian lucha con sus pacientes y sus propios demonios internos. Es una introducción a la psicología del bienestar cerebral. Aquí es donde nos encontramos por primera vez con Bastian luchando con sus propias perspectivas, descubriendo cómo esto impacta a otros, y usándolo para el beneficio de sus pacientes. Aprendemos que para Bastian, el pasado y el presente son lo mismo, y sólo el futuro, como diría el Hamlet de Shakespeare, es el país no descubierto. Aunque el pasado no se puede cambiar, Bastian cree que su reinterpretación y sus reflexiones en el presente pueden dar lugar a una mayor comprensión que sería útil en el futuro.

En la segunda parte del libro, Bastian comienza el viaje con lo que realmente constituye el bienestar del cerebro, por el que todos deberíamos esforzarnos, y comienza a desarrollar cómo la nutrición puede ser reconstituyente. Él es un creyente de que todos podemos hacer mucho todos los días para mejorar nuestra salud mental, ¡si tan sólo lo intentáramos!

De hecho, los enfoques nutricionales que Bastian propone no sólo son útiles para todos, sino que también están destinados a ayudar a sus pacientes que abusan del alcohol o las drogas. Es un punto de apoyo en el proceso de recuperación del cerebro después del uso excesivo de sustancias.

La segunda parte de este libro es un segway al siguiente libro de la serie que introduce los conceptos y las bases de los tratamientos personalizados con medicamentos para los que abusan del alcohol o las drogas.

¡Estén atentos!

"...más allá de la ciencia... más allá de las fronteras ™"

Aceptación

Aceptación Intelectual

La imagen de arriba es: Ulises luchando contra el mendigo (1903). Acreditado a: Lovis Corinth (1858-1925).

En la foto, Odiseo regresa a Ítaca disfrazado de mendigo. El mendigo, Arnaeus, estúpidamente se pelea con Odiseo y termina en el suelo, aferrándose a la vida. [Créditos para[3]]. La alegoría de la historia es el miedo del mendigo a ser golpeado por Bastián.

[3] https://eclecticlight.co/2016/05/03/the-story-in-paintings-lovis-corinths-ariadne-on-naxos/

41

"

A veces, las cosas son exactamente como parecen, pero no como deberían ser.

El sol de la mañana temprano que brillaba en el capó del coche de Bastian fue reflejado por los copos de nieve en un aparente caleidoscopio de cristales. Era como si grietas en miniatura aparecieran en su parabrisas , estallando como gotas de lluvia y emborronando la vista frente a él. Desordenado, quisquilloso, ligero de hecho. Desde el interior del coche, estas pequeñas ráfagas de luz eran como arco iris, cada una bailando con su propia melodía, sin unirse nunca, pero produciendo un aura de presagio. Pero todo esto era luz, no oscuridad, solo diferentes tonos, haciendo sus trucos para crear un ambiente muy diferente de cómo se sentía Bastian esa mañana.

Miró hacia abajo a su reloj de pulsera mecánico zurdo: Las siete de la mañana. Acelerar sería esencial para llegar temprano a la primera reunión; así lo hizo. A Bastian no le gustaba llegar tarde. Para él, 10 minutos de retraso era todo lo que se podía tolerar. Era el límite entre llegar un poco tarde y ser descuidado. El lema de Bastian era no llegar más de 6 minutos tarde, siendo el 6 un número mágico que exudaba cálculo en lugar de tardanza. El 6 simbolizaba el poder del hexágono, la estructura natural más fuerte, que había fluido a través de las arenas del tiempo. Un poco más tarde, Bastian sintió que el día se había perdido. En cuanto a ser temprano, en la mente de Bastian, eso no era más que una simple agresión. Era imponerse a otra persona o ser impuesto. Introducirse en el espacio y el tiempo personal de otro, siendo el tiempo el único acontecimiento elemental que no podía ser revertido. Cualquier persona que quema tiempo simplemente está acelerando la muerte, y eso, en cualquier medida, no es algo productivo, es decir, morir.

A los 50 años de edad, Bastian sintió que estaba en la cuenta atrás de lo inevitable, el final de todas las cosas mortales. Cada momento tenía que contar. Así que, usar el tiempo imprudentemente era un sacrilegio. De hecho, era como alentar al propio destino a tomar venganza. Si el tiempo debía ser desperdiciado, debía serlo con un único propósito significativo, y con gran generosidad. Para Bastian, no había un propósito más elevado que el amor a la familia y a Dios.

Bastian estaba de humor para pedir "más". Sabía que los eventos darían forma a su día a medida que se desenvolvieran gradualmente. Un día con un control limitado. No le gustaban los días como este, demasiado imprecisos. Aún así, resolviendo reunirse cada día como una hoja de papel en blanco, Bastian esperaba que las primeras impresiones dieran su verdadera naturaleza. Bajó hasta el tablero y aumentó el volumen a todo volumen. Bastian no entendía por qué alguien escuchaba ópera o música clásica de fondo. Derrotaba a todo el punto y era, muy probablemente, un poco anti-intelectual. Las salas de ópera se esforzaron mucho en sellar todas las puertas en los días previos a la amplificación para crear el sonido y el ambiente "adecuado", sólo para que el público pudiera sentir la música. ¿Por qué neutralizar eso? Lo que tocaba ahora era una de sus piezas favoritas: Maria Callas interpretando Lucia di Lammermoor de Gaetano Donizetti, come scritto (es decir, según el guión, en Fa mayor).[4] Tan inquietante, tan conmovedora, tan enternecedora y tan evocadora de Escocia, con su larga historia de luchas interfamiliares, donde había ido a la escuela. Y cuando la vida se encuentra con el arte, la propia vida personal de Geatano Donizetti fue trágica. Había tenido tres hijos, todos los cuales murieron, y sólo un año después de la muerte de sus padres, su esposa le siguió. Todo esto fue

[4]https://www.youtube.com/watch?v=xOSY7eHm26U

demasiado, y se enfermó con una seria enfermedad mental. En 1848, Donizetti murió.

De repente, Bastian se dio cuenta de por qué estaba de mal humor, tal vez mejor llamado "basura". Tuvo que asistir al funeral de un querido amigo más tarde ese día. Le temía a los funerales. Toda esa gente con emociones mezcladas, y nadie que tuviera las palabras adecuadas. Todos los asistentes, como en las bodas, le parecían personas en una especie de juego de roles; con todos los gestos y conversaciones habituales casi como si... estuvieran escritas en un guión. A Bastian no le gustaba la deshonestidad emocional. Empujaba los límites de la aceptación a un mundo incrédulo de fantasía. Era una corrupción del alma, y se le había recordado esto en un encuentro anterior ese año cuando había recibido la noticia de la muerte de un famoso científico por correo electrónico y había enviado buenos deseos con una hermosa tarjeta a su viuda.

Unos días después, recibió una llamada.

"¿Es el doctor Bastian?"

"Por supuesto. Sí, lo es". Bastian había respondido.

La viuda continuó: "Soy Martha, la viuda de Josh. Obviamente no conocía a mi marido. Era un hombre horrible, y un borracho malvado, para colmo. Esperé durante décadas, esperando que tocara fondo y buscara ayuda. Nunca sucedió. Era el maestro de las experiencias cercanas a la muerte, sólo para ser resucitado cada vez en peores condiciones. Me alegro de que esté en camino hacia el Hades. ¡Qué hombre tan horrible! Cada vez que podía, me humillaba, robaba el trabajo de sus postdoctorados, su inocencia, y..."

Bastian intervino antes de que la viuda pudiera continuar con las coloridas metáforas que obviamente estaba preparada para pronunciar. "Lo siento mucho, nunca lo supe".

¡Bang! Se le había caído el teléfono. Al principio, Bastian estaba molesto. ¿Cómo pudo hacerlo? ¿Cómo puede ser que un acto de bondad haya salido tan mal? Pero entonces, él vino a tener paz con este encuentro. La llamada que ella le hizo a él quizás le había hecho algún bien. Más que la tarjeta y las palabras bonitas, más que las flores que pudo haber recibido, porque, sobre todo, ella había sido intelectual y emocionalmente honesta, lo cual él apreciaba. ¡Bien por ella! Este es el camino de la aceptación. Primero, debemos deshacernos de toda la papilla en nuestras cabezas que está obstruyendo nuestras emociones, y simplemente dejarlo salir todo. Cuantos más pensamientos proyectiles haya, más rápido será la resolución y la cura. La aceptación es un camino, un viaje si quieres, y no es lo mismo para todos.

Bastian sabía que tenía que deshacerse de su mal humor, por su propio bien. Dejando atrás estos reflejos cuando su auto se detuvo en una señal de alto, notó que un hombre de aspecto demacrado con barba torcida se le acercaba. La expresión de su cara parecía profundizar la cicatriz que tenía en su mejilla izquierda, y luego estaba el andar cojo. No recordaba ninguna condición neurológica que Bastian conociera. Este hombre era un mendigo, pero tal vez no uno real; simplemente un oportunista. Llevaba un cartel que decía:

"*Hambre, necesito comida. No he comido en días. Por favor, ayuda*".

Bajando la música, Bastián bajó su ventana. No pudo evitar ver el frasco medio vacío de alcohol en el bolsillo del mendigo y la pipa de crack usada. Tal vez una buena acción lo animaría, y con suerte, al mendigo también. Así que Bastian comenzó una conversación con el mendigo.

"Soy Bastian, ¿quién es usted, señor?"

El mendigo pareció asustado y retiró su mano extendida. "Me llamo John".

En ese momento, Bastian recordó que su secretaria le había enviado un mensaje de texto unos momentos antes para decirle que su reunión de las 7:30 am había sido cancelada, y que ahora no debía llegar hasta las 9:15 am. Qué alivio. Llevaba 11 minutos de retraso, ¡una perspectiva realmente horrible! Ya liberado, Bastian continuó.

"Bueno, sube, John. Te llevaré a desayunar a cualquier lugar que quieras en un radio de una milla".

Bastian hizo que John fuera juzgado de antemano. Entregarle a John una cantidad de dinero no era una opción. El dinero se usaría claramente para comprar más alcohol y drogas. Bastian no tenía nada de eso.

"No", respondió John. "N-O mayúscula". Conozco tu tipo. Sólo quieres secuestrarme. Luego, pensando que nadie me busca, me golpeas y me descartas como basura. ¡Sólo dame algo de dinero y vete!"

Bastian sabía que tenía que mantener una conducta tranquila. Esto podría ponerse serio o incluso peligroso. Este hombre definitivamente no estaba bien de la cabeza. Lo primero que pensó Bastian fue: ¿por qué alguien pensaría que alguien que se ha detenido a plena luz del día, en una parada de tráfico con múltiples cámaras, procedería a secuestrar a un mendigo drogadicto y alcohólico en la calle? Después de todo, él había sido bastante amistoso. Bastian tomó un dólar de su consola central, se lo dio a John y se fue. Ahora, Bastian se sentía culpable, y seguía de mal humor. No podía aceptar que John fuera una persona de libre albedrío, pero concluyó que su condición lo había convertido en un esclavo de la desgracia.

Llegó a la sinagoga a tiempo para el funeral. Bastian admiraba la simplicidad de los funerales judíos, y éste era para un querido amigo. No lo conocía desde hacía mucho tiempo. Pero el hombre había sido tan cariñoso y cálido con Bastian; podrían haber sido hermanos. En el servicio, Bastian escuchó la leyenda judía de los dos hermanos que querían darse desinteresadamente el uno al otro, cada uno creyendo que la cosecha de su hermano se había perdido.[5]

¡Era una historia de amor verdadero! Además, era una historia de aceptación, en todas sus formas. Aceptación de uno mismo,

---

[5]https://www.ou.org/jewish_action/08/2013/whats-the-truth-about-the-legend-of-two-brothers-and-the-temple-mount/

de otra persona, y sobre todo, aceptación de Dios. ¿Podría la vida ser realmente tan simple?

Bastian reflexionó. ¿Cómo pudo ser tan mal interpretado su gesto hacia John, el mendigo? Bastian ahora había descartado cualquier noción de que había algo "malo" con John, aparte de ser un drogadicto, es decir. Asignar la culpa a esto habría sido muy conveniente, en realidad. Bastian, siendo algo así como un erudito de la antigüedad, permitió que su mente divagara un poco. Recordó que la idea de que a un mendigo se le ofrezca comida y luego se le golpee tenía raíces helénicas. De hecho, en la mitología griega, el papel del mendigo era algo extraño. Los mendigos que eran llevados a casa eran invitados a mendigar comida y vino de mesa en mesa, con mucho ánimo. Era como si el mendigo asistiera a una fiesta para él solo, en la que se atiborraba de comida y bebida. Eventualmente, algunos de los anfitriones se cansaban del mendigo, y él era golpeado por ellos. Por lo tanto, el papel del mendigo en ese caso sería tomar el abuso como una forma de catarsis para algunos de sus huéspedes. Al mismo tiempo, el papel del mendigo era dar gracias a aquellos que le habían alimentado, y amontonar el oprobio sobre aquellos que le habían humillado.[6]

Tal vez, pensó Bastian, había un misticismo universal, o algún tipo de *mandala*, o simbolismo, que impregnaba el papel del mendigo a través de las culturas, desde la antigüedad hasta el presente, terminando aún en un ciclo de alimentación, bebida y golpes.

El papel mitológico del mendigo podría ser percibido como uno de disfraz. De hecho, Ulises/Odiseo se disfrazó de mendigo, para que los perseguidores de su esposa no lo atacaran y mataran. Así que, incluso los dioses eran conscientes de la potencia y el ritual del disfraz de mendigo. Este papel quimérico del mendigo no debía tomarse a la ligera. Bastian sabía desde su época en Oxford que incluso la persona que hacía las tareas más mundanas podía ser un erudito de no modesta reputación. De hecho, una de las personas que ayudaba a recoger la basura de su pequeño apartamento en Oxford había sido un astrofísico que se había desilusionado con todo y había buscado lo que él consideraba una vida más satisfactoria: trabajar con sus manos. Bastian encontró todo

[6]http://baringtheaegis.blogspot.com/2012/08/the-peculiar-place-of-beggars-in.html

esto bastante fascinante y divertido, aunque desconcertante. Suspiró. Era como preguntarse por qué los delfines se volvieron tan inteligentes que decidieron pasar todo el día jugando. Era como si hubiera túneles de comprensión más profundos y en espiral en la mente humana. Esa comprensión fue y es, sin embargo, sacudida por el esperado símbolo del "mal". En este caso, la botella de alcohol que sobresale y la pipa de crack usada que esgrime John, el mendigo. Eso definió el estado actual de John, no su intelecto, ni nada más que haya sucedido en el pasado. Bastian se sintió avergonzado de sí mismo. Una parte integral de la conciencia de sí mismo es la reflexión, y las mejores reflexiones eran aquellas en las que uno ve ambos lados de sí mismo - como un efecto Jano.[7]

Sin embargo, cualquiera que fuera la razón del enojo de John con Bastian, Bastian se dio cuenta de que todo el malentendido era suyo, y sólo suyo. Y, tal error, hacer que alguien más se desahogara, era probablemente de naturaleza psicológica, y menos que ver con fábulas de la antigüedad.

Entonces, en un instante, ¡lo golpeó! Realmente fue bastante simple. Su oferta de ayudar a John mediante la sugerencia de

---

[7]https://en.wikipedia.org/wiki/Janus

comida no fue percibida por él como una demostración de amor sino de egoísmo. El mero hecho de "alimentar" era, en sí mismo, controlar y robar al receptor el libre albedrío. El control es el lado opuesto de la aceptación y debe ser resistido si se quiere que haya una verdadera conciencia de sí mismo. En contraste con la comida, el dinero permitía al receptor el libre albedrío para hacer con él lo que él o ella considerara conveniente. Una vez más, el mandala era simbólico, el dinero era la puerta para construir una plataforma de aceptación. Bastian también se encontró culpable de una presunta arrogancia - que John, como si no tuviera voluntad propia, entendería su motivación y actuaría en consecuencia. Y también, que no tendría miedo, y que ignoraría su propia seguridad personal y se subiría a un auto con un extraño. Más aún, vivir en la calle, consideraba Bastian, debía ser la más dura de las realidades, así que nada podía darse por sentado. La cantidad de decepción que sentía por sí mismo aumentó.

Bastian sabía poco sobre el mundo de los adictos. Se enorgullecía de no conocer a ninguno de su familia. ¡Qué absurdo! Simplemente era ciego o decidía ser ciego. Poco sabía Bastian que el adicto también tiene que llegar a un punto de aceptación intelectual antes de desarrollar cualquier motivación para buscar ayuda.

Al día siguiente, a la misma hora, Bastian aparcó su coche a una manzana del control de tráfico. Salió de su coche y caminó hacia John.

"Buenos días, John", comenzó, "Siento mucho lo de ayer. Debe haber sido un gran susto para ti. Por favor, perdona mi arrogancia".

El rostro de John se iluminó y puso su mano sobre el hombro de Bastian. "Yo también lo siento", respondió. "Podría haber sido más cortés. Podría haberle dado el beneficio de la duda y aceptado su amabilidad. Después de todo, todos somos hijos de Zeus. Por favor, perdona mis modales. Seis largos años aquí afuera te harán eso".

¿Bastian acababa de oír "Zeus" o sólo lo estaba imaginando? Miró a los ojos de John, el hombre que ahora parece una década más joven, y sonrió. Obviamente, había encontrado un espíritu afín en el estudio de las antiguas tradiciones helénicas.

"¿Desayuno elegante y una charla entonces, John?"

"No lo haría de otra manera."

¡Este sería un día mejor para ambos hombres! Cada uno aceptando al otro tal y como era.

Lecturas y Referencias Adicionales

Un concepto fundamental en el mundo de la adicción es la aceptación. Sin embargo, no es exclusivo de ese mundo, sino un apodo que el progreso del hábito a la adicción se salta el punto de aceptación de que ha habido un cambio. El proceso parece funcionar también a la inversa. Es el comienzo de la comprensión en la forma Rogeriana de la autenticidad, dando una consideración positiva incondicional, y una empatía precisa. [leer más[8]]

Lo fascinante de este concepto es que no es necesario ser un terapeuta que ve a un paciente para utilizarlo, pero es el mismo concepto central de la mejora de uno mismo. Esta filosofía de autocrecimiento trasciende la psicología formal en el mundo de la meditación y la iluminación. Llegar allí es diferente para cada uno, pero el viaje vale la pena.

---

[8]https://trueselfcounseling.com/2016/02/20/3-core-conditions-for-therapeutic-change/

Aceptación Emocional

La imagen de arriba es; mujer en tres etapas pintada por Edvard Munch (1895)[9] mostrando una virgen en blanco, con cabello suelto, una mujer desnuda en plena y sensual madurez, y una oscura imagen de una mujer gastada.

La aceptación emocional es una conexión más profunda dentro de un individuo que promueve el cambio. Este cambio se da en varias formas, generalmente denotadas por un camino de tres pasos.

El significado de esta obra de arte para nuestra historia es que simboliza la progresión de varias etapas de abuso de alcohol. Se podría decir que el estado inicial representa una inocencia antes de que sobrevenga el exceso de bebida. A esto podría seguirle la etapa de "diversión"; un lugar en el que el problema se ha manifestado por completo pero en el que se sigue suponiendo que el individuo puede controlarlo y los efectos positivos son evidentes. La sombra se representa a sí misma envuelta en la pérdida y la vergüenza. Para las mujeres de la clínica, implicaba un proceso de aceptación de todo su ser, incluidas las partes que la sociedad les había enseñado a encontrar vergonzosas, para finalmente triunfar sobre sus problemas con el trastorno por consumo de alcohol. Esto es especialmente importante ya que el ciclo de abuso en sí mismo fue iniciado por la confusión

---

[9]https://www.edvardmunch.org/woman-in-three-stages.jsp#prettyPhoto

emocional. Bastian y Harry también se ocuparon de ese asentamiento y de la necesidad de reconocer esta transformación no sólo como una fase sino como un viaje constante de autoaceptación y mejora.

"

En África, hay un olor que despierta los sentidos por la mañana.

Un olor cálido y mohoso, típico del cuenco de la tierra. No hay duda de que es el olor que despertó a Bastian. ¿Cómo se había encontrado aquí? Había jurado no volver a visitar el continente de tanto dolor hace décadas, y sin embargo, ¡había vuelto!

Bastian se levantó de la cama y caminó descalzo hacia la ducha. Esta África no se parecía a las representaciones de África; esto podría estar en cualquier lugar, Miami, Londres, lo que sea, excepto por ese olor distintivo.

Bastian se había convencido a sí mismo de esto, o más bien, se había convencido de ello. Su misión era simple: ayudar a los locales a "curar" o deshacerse de los alcohólicos de su pueblo.

En esta parte de África, un alcohólico era un humano miserable. Un alma podrida sin esperanza. Nada podría cambiar eso. Excepto aquí, los llamados alcohólicos eran en su mayoría mujeres, no hombres. Muchos tuvieron hijos con rasgos de Pigmalión; una malformación clásica causada por su tipo de nacimiento con infusión de cerveza. Esto no fue un error. Todo fue, tal vez, porque el peor crimen contra la humanidad - el apartheid - había privado a las mujeres de sus hombres, que eran enviados a las ciudades para trabajar. Añadiendo a su dolor, fabricaban alcohol durante días, esperando que sus hombres regresaran, y la degustación para perfeccionar la bebida les llevó a beber más y más, hasta que no hubo nada más que esperar sino más y más bebida.

Bastian se duchó rápidamente y luego bajó las escaleras en un pequeño autobús. Ocho almas en un pequeño autobús... atrapadas durante horas. ¡Esto no iba a ser divertido! El hombre a la derecha de Bastian se veía muy distinguido con un bigote resplandeciente, pero sus zapatos sin pulir lo delataron. No era un dandi. Se arreglaba con urgencia para superar la primera mirada, no para impresionar al espectador. Y Bastian era un espectador profundo.

"Yo soy Bastian, ¿quién es usted, señor?"

"Oh, soy Harry", respondió el hombre, "siempre lo he sido".

Harry sonrió como si quisiera ocultar algo del dolor de su alma. Bastian jugó a pedirle más, pero se echó atrás. Pero Harry, sintiendo un nuevo juguete, se inclinó.

"¿Alguna vez te arrestaron, Bastian?"

Esto desarmó a Bastian al instante, ¿parecía un criminal? Pero, antes de que pudiera responder, Harry continuó.

"Lo he hecho". Tal vez unas 20 veces, tal vez más. Pero no te asustes. La policía disfrutó cada minuto."

Esperando un seguimiento, Bastian agarró ansiosamente el manubrio lateral del autobús mientras avanzaba a toda velocidad por el polvoriento camino. Cualquier pregunta estaba llena de peligro... y posiblemente, revelaciones aún más espantosas. Pero sólo tenía que preguntar.

"¿Por qué fue arrestado tantas veces?"

"Larga historia", respondió Harry y luego guiñó un ojo. Era obvio que quería contar esta historia.

"Yo estaba en el movimiento de la libertad en aquel entonces, protestando por un mundo daltónico. Al igual que ahora, contigo, luchando para ayudar a los olvidados y a los desamparados en esta pequeña parte del mundo."

Bastian asintió educadamente. Finalmente se dio cuenta de que estaba en un autobús lleno de devotos de una causa apostólica, no simplemente "obligados" por una carta tentadora, como él. Sus emociones aumentaron. ¿Cómo es que tener una enfermedad como el alcoholismo era una batalla de la que necesitabas liberarte? No tenía ningún sentido.

Horas pasaban mientras el pequeño autobús dejaba atrás las ciudades; el caliente sol de la tarde comenzaba a hornear a todo el mundo. Algunos de los pasajeros comenzaron a cantar, o, más exactamente, a corear. Pero esta no era una canción de rock que Bastian hubiera escuchado. Cómo anhelaba estar sentado en su oficina en casa escuchando algo como el concierto para piano de Grieg en La menor de Edvard Grieg.[10] Emocionalmente, esta era la canción correcta. Era el único concierto que Grieg había completado, y quizás aquí, a miles de kilómetros del nacimiento de esa inquietante melodía, era el comienzo de la finalización para Bastian. Una aceptación emocional, si se quiere. Como el concierto de Grieg, que comienza y termina con una cadencia, así que la aceptación emocional en la vida es como volver al principio; y el principio es como el final. Era un anillo de emoción circulante, viajando hacia adelante en el tiempo, sólo para volver al mismo punto.

Los otros en el autobús eran aún menos atractivos, pero la gente encantadora brillaba con sonrisas como si estuvieran en una misión de exploración diferente. No tiene sentido

---

[10]https://en.wikipedia.org/wiki/Piano_Concerto_(Grieg)

involucrarlos, eso podría ser demasiado aterrador. Bastian se sentía incómodo estando en un espacio reducido, rodeado de extraños que le resultaban familiares, y todos estaban en un viaje de reclutamiento. Tal vez esto era como ser arrestado e ir a la cárcel.

¿Henry estaba tratando de advertirme? musitó Bastian.

Finalmente, el autobús se detuvo y todos se bajaron. Había sido un largo viaje y era mucho más tarde en el día. La mente de Bastian estaba ardiendo de preocupación.

¿Estaríamos atrapados aquí todo el día... o peor aún, toda la noche?

No podía imaginárselo con esta gente extranjera.

Justo cuando empezaba a desesperarse, Bastian fue recibido por una mujer con una sonrisa tan radiante. Eso sólo podía disipar su miedo. Ella estaba en su casa y le daba la bienvenida.

"Soy Bastian", soltó.

"Lo sé", dijo la mujer que llegó a conocer como Harriett, "lo hemos estado esperando. Déjeme llevarlo a nuestra pequeña clínica".

Bastian caminó rápidamente detrás de ella, dejando a la mayoría de los demás a la distancia. Al menos esto era una especie de escape para él.

Al entrar a la clínica, extendió la mano y dijo, "aquí están todas mis damas esperando", justo antes de nombrarlas individualmente. Su memoria era casi perfecta mientras relataba sus primeras vidas, su viaje y, por supuesto, su dolor.

¿Qué tan estúpido pudo haber sido Bastian? Finalmente se dio cuenta. No eran sus "ayudantes", eran sus pacientes. Pero esto no era una comuna, aunque sus hijos estuvieran en todas partes. Esto era una clínica de día, y las mujeres se apoyaban mutuamente con el cuidado de los niños.

Mucho más inteligente que tener a alguien que no conoces cuidando a tu hijo, pensó Bastian.

Bastian sabía que era el momento de escuchar en silencio, y todos los demás también. Las mujeres hablaban de pérdida, pero sobre todo de esperanza. La mayoría de ellas habían estado viniendo a la clínica durante varios años. Bastian se sorprendió nuevamente. Esto no estaba en ningún libro de texto que él hubiera leído o escrito. El modelo de trastorno por consumo de alcohol era de una condición crónica, pero estas mujeres habían convertido su enfermedad en una forma de vida, y en muchos sentidos, en un viaje para salir de su miseria.

Harriett recurrió a Bastian. Sabía que esta iba a ser una pregunta a la que no podría escapar de responder.

"¿Cómo se trata a las personas con trastorno por consumo de alcohol en los Estados Unidos? ¿Se forman en grupos como el nuestro? ¿Viven juntos?"

No era una pregunta fácil, y la respuesta sincera era en sí misma una revelación. Bastian se volvió para mirar a Harry, pero miró hacia otro lado. ¡Hombre inteligente!

Entonces, Bastian comenzó: "Bueno, es así. Sí, damos medicinas, y a veces la gente se queda con otros por un tiempo, y luego, todos se van a casa. En cuanto a mí, me parece inusual que la gente viva con otros sólo porque tienen una enfermedad".

Bastian no pudo captar las palabras antes de que salieran de su boca, y para cuando se dio cuenta, deseaba desaparecer en cualquier agujero del suelo. Lo que acababa de decir no tenía mucho sentido en este mundo. Todas las personas a las que ayudó eran extraños, y aunque se reunieran por un breve tiempo, volvían a partir como extraños. No había conexión emocional con otros en el sentido real, y la enfermedad era simplemente una entidad a tratar. Para las mujeres de esta parte del mundo, el abuso del alcohol era un símbolo emocional, sí de desesperación y degradación, pero también de esperanza y orgullo. Habían aceptado su enfermedad a un nivel emocional profundo y la habían transformado en su escudo. Había una conexión entre estas mujeres y su curación, que estaba más allá de la ciencia y de las fronteras. De hecho, era el poder de curar.

De repente, golpeó a Bastian como un rayo. Una cosa era aceptar a nivel intelectual que se tenía un problema con el alcohol, y otra muy distinta hacerlo a nivel emocional. Sin la aceptación emocional, no había ningún rincón a donde ir, ningún valor del ser, y ninguna perspectiva real. El trastorno por consumo de alcohol no es una enfermedad relacionada únicamente con la cantidad de bebida, sino también con un punto de inflexión entre los genes y la experiencia, que llevó a la transformación de todo el individuo. Los individuos con trastorno por consumo de alcohol tienen una gran cantidad de problemas además de la bebida, y todo esto tuvo que ser tratado para lograr un camino de tratamiento adecuado que perduró. La aceptación emocional permitiría un cambio transformador que ahora podría ser impulsado por la medicina. Pero, la medicina sola, sin aceptación, parecía ahora una solución a corto plazo. Bastian fue humillado. ¿Era posible que toda su formación en medicina moderna lo hubiera cegado para ver esta primera etapa de curación? Siempre había estado presente en sus pacientes, pero simplemente no había hecho las preguntas correctas. Las mujeres en esta parte del mundo sabían algunas verdades importantes. Su "cambio" no sólo estaba relacionado con la aceptación emocional, sino que en el fondo, una necesaria reorientación del estilo de vida, la dieta y la interacción social. Una vez más, los anillos que unían la enfermedad dentro de un individuo eran los mismos que necesitaban desentrañarse en el camino hacia la salud.

En todo esto, Bastian se dio cuenta de que Harry había estado callado, al igual que los demás. Pero ahora, sus rostros lo miraban con preocupación. Algunos habían leído la historia de la vida de Bastian en revistas sobre el hecho de no querer volver nunca a África, pero eran demasiado educados para preguntar sobre ello.

Harry decidió no intentar romper las defensas de Bastian ahora que estaba exactamente donde había temido en estas pesadillas para volver. Bastián sonrió, todos sonrieron y todos se fueron con abrazos y algunas lágrimas; tal vez, incluso de alegría. No se dijo nada. Lo único que contaba era aceptar las emociones del momento.

Esta aceptación emocional en el grupo tuvo varios pasos y difirió de un individuo a otro. Inicialmente, tenía que ser reconocida, y luego había que ponerle algún tipo de forma. Para Bastian, fue necesario viajar al pasado, anclado por la música que amaba, para reconocer y caracterizar la forma. Luego, tenía que ser aceptada internamente, y finalmente, tenía que haber una reflexión que lo pusiera todo en perspectiva. Para las mujeres que había conocido en África, tenía que ver con el reconocimiento de su problema de abuso de alcohol y las muchas raíces del mismo, organizándolo en elementos parcelados entre sí, y un período de trabajo conjunto en reflexión silenciosa. El proceso fue el mismo tanto para Bastian como para las mujeres en su evolución, aunque la manifestación difirió por el entorno y el ambiente. Extrañamente, también fue el mismo para Harry, que había trabajado a través de su dolor para alcanzar y curar. ¿Y los otros pasajeros del autobús? El suyo era el poder de observación y reflexión (lo que podríamos llamar "empatía") y una verdadera consideración positiva para todos.

¿Qué había aprendido realmente? Había aprendido a dejar de lado sus conocimientos y a buscar el "corazón" de cada paciente con el que entraba en contacto. Bastian se dio cuenta de que cada uno de sus viajes necesitaba aceptación, no sólo con la cabeza, sino también con el corazón, y ese vínculo era el comienzo de la curación. Y sí, había todas esas medicinas muy inteligentes, algunas de las cuales había descubierto que ayudarían, pero allí y entonces, aceptar emocionalmente al paciente era el comienzo... y tal vez en última instancia... el círculo del viaje hacia la recuperación.

Dos semanas después, Bastian regresó a los Estados Unidos.

Pero, antes de hacerlo, Bastian almorzó en una cantina local en Sudáfrica. La cena que le convencieron de comer antes de partir para esperar su vuelo esa húmeda tarde fue la última de una serie.

Durante su estancia en Sudáfrica, hubo tiempo suficiente para un largo almuerzo con Harry y Roger, el joven farmacéutico con el que se habían hecho amigos.

No se sentía orgulloso de admitirlo, pero, abandonado a su suerte, Bastian prefería esperar a volver a su hotel para pedir el insípido bufé de desayuno inglés del hotel. No era tan bueno... sólo familiar, y necesitaba algo de ese tipo en esta tierra extraña.

"No puedes haber llegado hasta aquí y nunca haber intentado esto", anunciaba Harry, guiñando un ojo. Es un asombroso plato llamado boerewors hecho de cerdo y salchichas - todo maravillosamente condimentado e infundido con ajo. También es grasoso, como las salchichas inglesas, así que debería encantarte.

"Cuando estés en Roma", Roger chirriaba en apoyo.

Entre los dos, Bastian se encontró mordiendo varios platos "romanos" en cualquiera de estas ocasiones. En este día en particular, sin embargo, los socios de alguna manera habían dirigido su atención a la pequeña pantalla plana hacia el frente ya que alguien parecía haber aumentado el volumen.

¡No fue nada positivo!

Harry estaba incandescente de rabia - "El racismo es realmente una de las condiciones más sucias que un humano puede tener. Es triste que aquellos cuyas mentes están envenenadas de esa manera no sean vistos como que tienen alguna corrupción en el alma. ¡El racismo debería ser declarado una emergencia de salud pública! Entonces obtendría la atención necesaria para que la gente de este planeta pueda abordar y tratar de arreglarlo de una vez por todas. Es una falla muy seria de la inteligencia emocional", dijo.

Bastian miró al siempre apasionado Harry y exhaló profundamente. ¡Tenía razón! La transmisión cubrió el juicio de otro oficial de policía americano que fue llamado por asalto y brutalidad a un ciudadano negro inocente.

"Dudo que pueda vivir donde mi color es algo a lo que temer o temerle", dijo Freeman, un joven caballero negro de Inglaterra que compartía una mesa con ellos, mientras miraba a sus compañeros que sin duda habían visto más mundo.

"No es justo estereotipar, pero... el racismo existe en todas las partes del mundo, incluso en Inglaterra" dijo Bastian.

Bastian relajó su enfoque en los eventos que se desarrollaban ante él y consideró ambos lados de los temas. Tenía tantos buenos amigos, colegas, pacientes de diferentes razas que se horrorizaban por tales acciones, pero tampoco podía fingir que el odio no existía.

Bastian tenía una visión única del racismo, que rara vez compartía. Para él, la forma de combatir el racismo no era sólo en marchas o protestas sino en el activismo económico. Si sólo la gente de color hiciera sus investigaciones y sólo apoyara a las empresas con un historial de igualdad, las cosas seguramente cambiarían. Además, pensaba que la persistencia del racismo organizado en algunos blancos no sólo era una falta de educación, sino que también ellos necesitaban ser liberados del pecado original de la esclavitud. ¿Pero quién estaba allí para hacer eso? ¿Qué modelo de conducta había que infundiría tanto respeto como para defender la paz, el amor, la compasión y la reconciliación? ¿Quién podría enseñar inteligencia emocional a escala nacional excepto un líder respetado, y dónde estaba él o ella?

Bastian había recibido la noticia del primer presidente negro de Sudáfrica, Nelson Mandela, con gran entusiasmo. Bastian recordó el discurso de derechos civiles del 11 de junio de 1963 de solidaridad del propio líder pasado de América, John F. Kennedy y el aire general de esperanza. Tanto Kennedy como Mandela fueron grandes ejemplos de la práctica de la inteligencia emocional en su forma más alta! Poco después de la inauguración de Mandela, Bastian había sido elegido para este viaje para ser parte de un equipo de profesionales destinados a ayudar a mantener la estabilidad de la nación. En el caos y la incertidumbre después del fin del apartheid, había habido una rápida fuga de cerebros, ya que los asustados blancos huyeron del país. Todo esto había inculcado un sentimiento de patriotismo en Bastian y había aumentado su orgullo de ser un americano naturalizado.

El shock de ver las noticias de América cobrar vida era algo para lo que no estaba preparado.

En América, desde la actitud de sospecha que Bastian había sido considerado inicialmente por sus pacientes blancos, hasta la duda general de sus habilidades, las partes mundanas de la vida llevaban tonos subyacentes de prejuicio. Bastian recordó su primera experiencia real de racismo cuando uno de sus tutores, oyendo de sus éxitos científicos, y queriendo felicitarlo equivocadamente, le había escrito, describiéndolo como un "genio" sólo para añadir que sentía lástima por él ya que era realmente un "hombre blanco tratando de salir de la piel de un hombre negro" ¡Qué humillante! El racismo no es una cárcel de la que se sale simplemente por el estatus. Bastian, ahora un éxito clamoroso, nunca más se encontró con este tipo de racismo brutal, y le preocupaba haber perdido el contacto con la vainilla de sólo "encajar" - por lo menos la mayor parte del tiempo.

En otro día particular de su actual visita a Sudáfrica, entró a la cantina con Harry y Roger, pero de alguna manera se había topado con el malestar general de los otros clientes. La atmósfera ligeramente cargada era algo a lo que había empezado a adaptarse, pero incluso él tuvo que reconocer lo triste que se había sentido al notar la apenas blanqueada escritura en una pared cercana:

Sólo para blancos

Después de ser ignorado por los servidores en la línea desordenada durante varios minutos, una sirvienta pequeña y rubia se le acercó y simplemente hizo contacto visual durante algunos segundos.

"¿Sabes que si no fuera por todo lo que está pasando, hace un mes, no podrías ni siquiera haber puesto un pie aquí? Y, si lo hubieras logrado, habrías tenido que usar el baño de los sirvientes?"

Dándole otra vez, ella se fue igual de rápido, murmurando en voz baja. Una extraña sensación de insuficiencia lo invadió. Bastian retrocedió y volvió a fijar su mirada en la televisión mientras sus compañeros intentaban cambiar la conversación a asuntos más ligeros. Las imágenes de manifestantes apasionados blandiendo sus pancartas en blanco y negro pasaron por la pantalla.

Bastian eligió ver el mundo como un lugar mejor, pero por ahora, había otra causa inmediata que necesitaba apoyar una vez que regresara a casa.

La Falta de Inteligencia Emocional y sus Consecuencias

Este grabado de la representación de Gustave Doré de Don Quijote en medio de sus fantasías de romance caballeresco, el frontispicio de la edición de 1863 de Paris Hachette.

Al igual que la célebre historia de Don Quijote, los protagonistas de esta historia están en una búsqueda caballeresca para volver a sus seres queridos (Bastian a su esposa embarazada y Harry a su novia) y aparentemente no dejarán que nada se interponga en su camino. Sus batallas contra los elementos y contra sí mismos son alegóricas a las luchas de Don Quijote en la novela de Miguel de Cervantes[11]*. ¿Bastian y Harry tienen una relación parecida a la de Don Quijote y Sancho Panza? ¿Nuestros protagonistas se salieron con la suya o sufrieron un destino similar? ¿O algo peor?*

---

[11] (https://en.wikipedia.org/wiki/Don_Quixote)

"

Me rehúso a morir en la cama, murmuró Bastian para sí mismo.

No estaba seguro de cómo le había entrado este pensamiento en la cabeza, pero se relacionaba con un sueño que tuvo sobre cómo un hombre que vivía junto a una estación de tren había tenido tanto miedo de ser asesinado por un tren que nunca salió de su casa. De alguna manera, la vida daría un giro inesperado, un tren se había descarrilado, y lo mataron de todos modos. Las pesadillas presagian un día aún peor.

La mañana no empezó como cualquier otra, aunque sus planes eran claros; salir de la oficina antes de una tormenta de nieve, tomar el último vuelo de Richmond a Atlanta, y luego, al día siguiente a Londres para estar en los brazos de su maravillosa y ahora, embarazada nueva esposa. ¿Qué podría ser más simple? Bastian había hecho este viaje varias veces antes y ni siquiera necesitaba pensar en los pasos.

Pero la tormenta de nieve había comenzado temprano. Bastian decidió tomar una limusina para ir al aeropuerto. Mientras la limusina se dirigía al aeropuerto de Richmond, sabía que cada segundo contaba. 30 MPH en una autopista, y eso también se sentía rápido. Bastian llegó 26 minutos antes de la partida... y eso puso en marcha toda una cascada de eventos y malas decisiones.

Siempre hay tres de estos puntos de decisión emocional que importan en una crisis, y Bastian estaba a punto de enfrentarse al primero.

Los asistentes de facturación ocupados rara vez son agradables. Esto se debe probablemente a una mezcla de demasiada comida asquerosa en el aeropuerto, y a la hostilidad de un trabajo que nunca parece tener una fecha límite. Bastián tuvo una pesadilla visual de los procesos cognitivos del asistente. Era algo así: El avión sale en 5 minutos, así que ¿por qué no debería tomarme 10 minutos para registrar al siguiente viajero, y luego enviarlo a una misión desesperada contra el tiempo? A pesar de la frustración de la masa que reapareció para reprogramar, se enorgullecería de poder decir la lección del "te lo dije" en el acto, y mejor aún, se deleitaría en citar reglamentos que desafiaban el sentido común en la situación que había surgido; una trampa maligna que nunca falló en impedir al viajero más amigable pero ahora frenético. Fue el último y más descarado ejemplo de *schadenfreude.* [12]

---

[12] https://en.wikipedia.org/wiki/Schadenfreude

Bastian salió de su sueño cuando la asistente comenzó a ha cer sus travesuras.

"Lo siento, no puedo registrar su equipaje", dijo la mujer con acento británico de clase media.

Bastian ya había conocido a las de su clase. Su rostro demacrado mostraba las decepciones que había sufrido en el amor, lo cual era principalmente su culpa, y ahora, obviamente amargada, derivó su felicidad al derramar su bilis sobre cualquier hombre de mediana edad que pudiera ser del tipo que la dejó plantada. Parecía mayor que su edad, y cada onza de dolor que sus palabras infligían hacía que las comisuras de su boca se curvaran y que su cara se hiciera más profunda. Esta era la descripción perfecta de la fealdad; la que emanaba de un alma estéril.

"El reglamento dice que no puedo registrarle 25 minutos antes de la salida. Puede irse, pero su equipaje tendrá que quedarse. Las normas de seguridad nacional, ya sabe."

"¡Pero llegamos 25 minutos antes! Hay una tormenta de nieve, y tendremos suerte si salimos de aquí en una hora", razonó Bastian. "Tengo que volver con mi esposa embarazada. Es nuestro primer hijo, y estoy muy emocionado." Y lo miró.

Esto, sin embargo, sólo pareció incitar a la asistente, quien respondió, "Bueno, eso fue hace un minuto, y permítanme repetirlo..." y luego procedió a hacerlo en un tono sarcástico que sólo ciertos tipos de británico pueden reunir. Era como decir lo obvio más alto y más despacio, con la esperanza de que los americanos, que sólo habían tomado prestado el idioma, lo entendieran.

Bastian odiaba este tipo de arrogancia. Estaba orgulloso de ser tanto americano como británico, pero ¿cómo lo sabría?

Sin los americanos, pensó para sí mismo, todos podríamos estar pasando tiempo en un encantador campo de concentración alemán ahora mismo. Pero no tenía sentido decirle eso. Bastian sabía que estaba indefenso contra este tipo de autoritarismo. Su resistencia y su razonamiento no habrían provocado ninguna sentencia diferente, añadiendo a su propia furia al hacerlo. Aludir a su educación en una de las mejores universidades de la tierra habría, simplemente, evidenciado su ira, desprecio y desdén, seguido de una declaración al tono de "un hombre de su educación realmente debería saber más". Mientras que la burla la habría enviado a una diatriba ininteligible. El tiempo era corto.

Bastian retrocedió, le dio el equipaje al chofer de la limusina para que regresara a su casa, y corrió hacia la puerta. Esto no iba bien. ¡Él no podía saber que esto era sólo un contratiempo en comparación con lo que se avecinaba!

Última llamada para Atlanta.

"Muévete, hombre, todos te estamos esperando", dijo la encargada de la puerta.

"Lo siento, estoy haciendo todo lo que puedo", dijo Bastián. "Es difícil mover mis huesos a mi edad", continuó.

"Tengo un asiento de autobús para usted, señor", le informó.

"¿Podría tener el asiento de clase ejecutiva que pagué?"

"Tendré que comprobar si es posible", declaró.

"¿Puede ayudarle un gerente?" Bastian preguntó de una manera ligeramente amenazadora.

Cuando el gerente se acercó, se imprimió el boleto de la clase ejecutiva y en un instante Bastián estaba en su asiento. ¿Por qué un gerente siempre tiene que hacer lo obvio? No podía esperar a llegar a casa en Londres.

El avión estaba cubierto de hielo. La ventisca había comenzado y el viento había levantado un aullido fantasmal. Bastian recordó un encuentro similar en la Costa Este en el invierno de 1998 en un Armagedón nevado. Eran los buenos tiempos, antes del 11 de septiembre, cuando el único enemigo eran los elementos y la habitual mezcla de incompetencia. Ese día, se las arregló para molestar al capitán de un vuelo doméstico consiguiendo que le entregaran pizza a bordo, y luego vendiéndola a 50 dólares la porción a sus hambrientos co-pilotos en clase ejecutiva a quienes la tripulación se había negado a alimentar durante 6 horas. Había obtenido un excelente beneficio de su inversión, y también lo hizo el repartidor de pizza. ¿Cómo lo hizo Bastian? Él sabía, así que pensó, una o dos cosas sobre sus compañeros. Siempre llamaban a la puerta, especialmente si no sabían quién estaba del otro lado. La azafata había abierto la puerta, y en la confusión de tratar de decidir qué hacer, Bastian había tomado la pizza en su mano y había empezado a repartir las porciones pre-vendidas. La derrota de la burocracia inútil es siempre una búsqueda emocionante, y no porque requiera valentía, sino porque lanza la astucia y el engaño contra -lo adivinaste- el seguimiento de reglas y regulaciones más inútiles. ¡La victoria de ese día fue de Bastian! Pero hoy fue otro tipo de día.

Ese día no estuvo de acuerdo al plan.

Bastian había visto demasiados documentales de desastres aéreos, y esto se sentía como el preludio de uno de ellos. Todos los elementos necesarios estaban presentes: confusión, mal tiempo, y un piloto decidido a combatir ferozmente con la Madre Naturaleza. Su plan parecía bastante simple: descongelar el avión, llegar a la pista y despegar. Si tan sólo la práctica siguiera la planificación con precisión. Tal vez en un mundo perfecto, eso sería así. Pero su mundo actual, estaba lejos de ser perfecto.

El intercomunicador crujió. "Aquí está su capitán de la cabina de vuelo..."

¿Dónde más podría estar? El pensamiento salado de Bastian se interpuso.

"La pista está tan llena de hielo que para cuando las quitanieves lleguen al final de la misma, habrá tanta nieve delante que el despegue será imposible. Planeo rodar detrás de los arados, y cuando lleguen al final de la pista, acelerar y luego despegar."

¡Este no era un hombre que leyera libros sobre reglamentos! Era Dan Dare, Buck Rogers y el Capitán Kirk; todos en un solo individuo. Bastian ordenó un Bloody Mary y reflexionó que si esto era todo, si este era EL fin, ¿cuál sería su mayor arrepentimiento? Eso era bastante obvio: permanecer en un matrimonio sin amor durante 17 años, y peor aún, casarse con alguien como la encargada de la facturación.

Pero ahora, todo estaba bien. Había conocido a la mujer de sus sueños, y estaban esperando la vida de un bebé, era genial.

Ahora, Bastian estaba aterrorizado. El primero de esos tres puntos de decisión emocionales que había recordado antes había llegado. ¿Pero qué había que hacer? ¿Gritar e insistir en que lo sacaran del vuelo, fingir un ataque epiléptico o simplemente aceptar su destino? Decidió aceptar su destino. No como un cordero, sino con la plena conciencia de que la incompetencia no sólo podía sellar su destino sino que también podía venir a su rescate.

¡Cuidado con lo que dices! ¡Si este fuera su último recuerdo, entonces le daría las gracias a su Señor!

Y entonces, sucedió. Las quitanieves se estrellaron entre sí, enviando escombros por todas partes - despegue abortado. Aplastar la idea de que era el avión de Bastian el que se había estrellado contra las quitanieves. La macabra excitación era palpable en la cabina. Los teléfonos celulares estaban encendidos y unos 200 extraños llamaron a sus seres queridos para disfrutar de su afortunada escapada.

"Estaré en casa en unas horas. Me meteré en la cama y podrás besarme por la mañana", dijo un pasajero. Pero no había terminado. El piloto, sin embargo, estaba empezando.

"Este es su capitán de nuevo. He pedido que se despejen los escombros (Bastian estaba esperando que dijera "cuerpos"), pero ahora me he quedado sin combustible (¿y si eso hubiera ocurrido en el aire?). Volveré a la terminal, conseguiré más combustible, me descongelaré otra vez, e intentaré despegar en otra pista con diferentes quitanieves. No voy a cancelar este vuelo. Necesito salir de aquí como ustedes amigos".

La tensión aumentó en la cabina. Ahora, hasta Bastian estuvo de acuerdo en que una cosa es mejor que la incompetencia. Es lo que los británicos llamaron "estupidez sangrienta", y los americanos más educadamente se refirieron a ella como una falla de sentido común. Este era un ejemplo brillante de ello, si es que alguna vez vio alguno. ¡Esto no iba a terminar bien! Ahora era el momento de fingir ese ataque epiléptico. Justo cuando Bastian se puso a la altura de las circunstancias, el intercomunicador volvió a sonar.

"Lamento decepcionarlos, amigos, la torre de control ha cancelado el vuelo, y no puedo hacer nada al respecto. Estaba dispuesto a intentarlo".

Bastian suspiró aliviado. ¡Gracias a Dios que había alguien que había leído esos reglamentos inútiles (o la falta de ellos) justo cuando era necesario! Pero ¿tenía el mismo virus emocionalmente poco inteligente que afectó a nuestro capitán e involuntariamente infectó a Bastian? Ya veremos.

¿Qué tenía de malo intentar salir al día siguiente? El apuro se había convertido en una urgencia que había dado lugar a una emergencia de embarazo emocional, que luego dio lugar a una crisis de emociones. Una espiral como la de Kafka[13] de mala toma de decisiones emocionales, sin dejar de hacer lo razonable. La crisis inventada, derivada de esa primera mala decisión emocional de apresurarse en lugar de aceptar lo que era el pensamiento más discernido, se estaba profundizando. Lo mismo ocurre con una adicción, el primer sorbo de una bebida o el primer uso de la droga viene con una emoción

---

[13] https://en.wikipedia.org/wiki/Franz_Kafka

convincente, sólo que es seguido por una serie de malas decisiones, resultados y, en última instancia, ¡sufrimiento!

Ahora la carrera estaba en el alquiler de coches. Por si acaso había una larga fila de los que también querían conducir a través de una ventisca. Nada podía dejarse al azar.

"Puedes quedarte con este Lexus SUV", dijo la agente de alquiler.

"Pero señora, quiero un verdadero todoterreno americano", bromeó Bastian.

"Es una verdadera camioneta, señor. Tracción en las cuatro ruedas, de primera línea, y nuestro modelo premium", respondió.

"Bien, me lo llevo", aceptó.

Ahora, para la decimonovena ley de los negocios: aprovecharse de un cliente desesperado.

"Son 350 dólares diarios más impuestos, y que tenga un buen día", concluyó la agente.

Fue entonces cuando Bastian conoció a Harry, y comenzó su verdadero viaje.

Harry había sido entrevistado en una universidad cercana y simplemente tenía que volver a Florida para encontrarse con su amada, que le esperaba en un hotel de lujo que había reservado. Se puso inquieto.

Bastian le habló al hombre de aspecto nervioso.

"¿Te gustaría conducir conmigo a Atlanta? Podríamos saltarnos todas las reservas de esta noche y conducir por la mañana. Podemos darnos 12 horas para conducir hasta Atlanta, pasar la noche y perder sólo un día. Porque todo el mundo está todavía atrapado aquí, y presumiblemente, la mayoría de los demás lugares de la Costa Este, supongo que podríamos tener nuestra elección de reservas de Atlanta?"

Harry miró a este extraño por un minuto. Después de llamar para discutir esta propuesta por teléfono con su novia, aceptó. Estaban en camino. El plan era quedarse en un hotel a 30 millas al sur de Richmond para alejarse un poco de la mezcla más pesada, y luego comenzar a las 9 AM. Habría una pausa en el tiempo antes del mediodía. ¡Entonces es cuando saldrían corriendo! En el mejor de los mundos, toda esta prisa y furia tenía pocas posibilidades de éxito, comparado con la simple espera de un día. Para ellos, sus acciones salvarían un día, pero pronto estaban a punto de desentrañar peligros imprevistos y exposiciones emocionales en su lugar.

El día siguiente comenzó bien aunque habían llegado al hotel alrededor de las 2 de la mañana. Harry estaba esperando a Bastian en el desayuno alrededor de las 8:15 AM. Ambos ordenaron huevos y tocino, el desayuno de los guerreros, estaban todos empacados y listos para salir a las 9 AM. Este plan estaba en el blanco.

"Mejor que se apuren", advirtió el empleado de la caja del hotel. "Está volviendo a entrar, y estarán aquí durante días si te atrapa aquí.

Para el equipo de supervivencia, cogieron dos botellas de agua, Kit-Kats y se despidieron.

¡Los caminos eran absolutamente terribles! 15 MPH era como estar en un coche de carreras a toda velocidad, y sobre todo de lado. Entonces, Bastian tomó la decisión que cambió todo.

"Harry, ¿puedo pasar por mi casa en Charlottesville para asegurarme de que no he dejado la calefacción encendida, y luego volaremos a Atlanta?"

"Claro", su compañero estuvo de acuerdo, y esa sola palabra unió a ambos hombres en su destino durante las siguientes 24 horas.

Ese fue el segundo punto de tres en el lanzamiento emocional a la crisis. ¿Por qué Harry no le había preguntado a Bastian cómo había llegado a ese pensamiento? ¿Era miedo o ansiedad desafiar a un extraño? A veces, la ansiedad de no hacer la pregunta obvia y simple puede significar la perdición.

Las malas decisiones son fáciles de detectar en retrospectiva. Cuando se despliegan ante tus ojos, sabes que fue una decisión terrible. Autos abandonados a un lado de la carretera, automovilistas que caminan, y sin quitanieves que marquen el camino.

"¿En qué lugar de la Tierra vives?" Preguntó Harry.

"En el campo. Estaremos allí pronto", respondió Bastian.

Esto no era del todo cierto. Todavía estaban a 8 millas de distancia, el volante de Bastian estaba borroso con todas las correcciones que tenía que hacer, y sabía que presionar los frenos, o detenerse por la única luz roja que encontraría, los condenaría a quedarse en un refugio durante el fin de semana. De alguna manera, Bastián llegó a su puerta delantera y frenó. El coche saltó y luego se detuvo. ¡Estaban atascados! La nieve se apiló a la altura de la puerta del auto, que estaba orientada hacia la dirección de salida equivocada.

"¡Estamos verdaderamente jodidos!" exclamó Harry. "Nunca lo lograremos. ¡Esto es tan malo!"

"Sé positivo", respondió Bastian con una calma exasperante mientras salía del auto.

Uno de los ancestros de Bastian en el cielo debe haber tocado la canción de los Dam Busters. [14] A Bastian le encantaba la canción, pero lo más importante, le llenaba el corazón de orgullo pensar que, como científico innovador con docenas de

---

[14] https://www.youtube.com/watch?v=BJun5ziotfw

patentes mundiales a su nombre, él también era un Dam Buster. ¡Los británicos son, simplemente, un pueblo glorioso!

Salió de su sueño para encontrar a su vecino, conduciendo su tractor verde, aparentemente corriendo a su rescate. Los hombres se pusieron a trabajar con los puños.

"Te dije que fueras positivo", dijo Bastian. Sin saberlo él, la película acababa de comenzar.

El vecino de Bastian era una de esas personas que son simplemente la sal de la tierra, manos grandes y amables, y tabaco para mascar.

"Déjenme sacarlos de aquí", dijo. El hombre no parecía un superhéroe, pero para ellos lo era. Un héroe americano que ensalzaba todas las virtudes de la tolerancia y la persistencia, hasta el punto de hacer sacrificios para ayudar a sus semejantes.

Entonces, Bastian tomó una decisión que moldearía su mentalidad por el resto del día; entraría en la casa de una forma u otra para encender la calefacción. ¿Quién tiene miles de dólares para gastar en la reparación de una tubería congelada y luego reventada? Empezando mientras su vecino estaba de espaldas, pronto cayó en una zanja. Bastián estaba con la nieve hasta la cintura y se hundía rápidamente. Los gritos resultaron inútiles ya que nadie podía oírlo; el tractor era demasiado ruidoso. En 30 segundos, se hundiría, y en algunos minutos, desaparecería por completo. Seguramente no es así como termina. Los embarazosos titulares dirían:

Un científico de fama mundial se ahoga en una zanja.

Este fue un momento crucial. Un giro equivocado podría ser fatal. Era el momento de que Bastián usara su cerebro para sobrevivir. Entonces, se le ocurrió la idea de usar toda la energía restante que tenía para girar tanto como fuera posible en su frente para aumentar su superficie. Sí, bajaría más rápido si eso fallaba, pero, con suerte, su gran rostro dejaría un cráter lo suficientemente grande como para despertar la curiosidad de su vecino para investigar en un minuto o dos. Intentaría contener la respiración, y si eso no funcionaba bien, Bastian crearía pequeñas bolsas de aire al comer hielo. Odiaba esas cosas, pero no había tiempo para un estudio piloto. Ahora, Bastian estaba boca abajo, aún hundiéndose rápido, pero remando como una furia con sus brazos. Por suerte, golpeó el borde de la zanja con su mano derecha y se las arregló para levantarse lentamente.

Cubierto de barro y nieve, estaba simplemente contento de haber sobrevivido.

"¿Te va bien?", preguntó su vecino después de apagar el tractor.

Lo que habría hecho aún más inútil la muerte de Bastian era que la calefacción de la casa ya estaba encendida. ¿Cómo se explicaría su muerte sin sentido a sus antepasados en el cielo?

De vuelta al auto, y a sólo cien pies de la carretera, están atascados de nuevo. El vecino de Bastian les informó que tendría que ir a buscar ayuda, y esto tomaría unos 10 o 12 minutos. Le agradecieron y se despidieron con la mano, sin saber que sería la última vez que lo verían ese día, pero eso sería su propia culpa.

Una hora más tarde, Harry se estaba poniendo inquieto.

"No podemos estar sentados aquí todo el día. Tenemos que tratar de salir". Bastian estuvo de acuerdo.

Se turnaron para balancear el coche hacia atrás y hacia delante, y finalmente, ¡fueron libres! Pero no por mucho tiempo. Otros

200 metros más adelante, y ahora fuera de la vista del primer lugar donde habían sido varados, se encontraron atascados de nuevo. Esta vez, estaban atascados justo en medio de la carretera.

¿Qué tan fácil es confirmar los prejuicios de uno? Mientras un monstruoso camión tras otro con una bandera confederada en la ventanilla trasera pasaba sin siquiera frenar para ofrecer ayuda, Harry simplemente tuvo que repetir su pregunta anterior: "¿En qué lugar de la Tierra vives?"

Esta vez, se necesitaba una respuesta inspirada. "Junto a una de las propiedades más ricas del mundo, y a un tiro de piedra de la casa de dos ex presidentes. Esto es Virginia."

Harry no estaba impresionado.

Ahora, para un mejor plan.

"Harry, ¿por qué no te paras en el medio del camino y le avisas a alguien lo mejor que puedas? Me quedaré en el coche. Ofréceles 100 dólares, con la promesa de más, para que nos remolquen hasta la autopista?" Bastian sugirió.

Pero Harry tuvo un momento de perspicacia. "Creo que deberías hacer esto".

"Con gusto", respondió Bastian.

La primera persona a la que detuvieron fue a un hombre alto y flaco con barba pelirroja.

"He estado sacando coches todo el día, y necesito llevar a mi nuevo cachorro a casa", respondió con prisa.

"Podemos ofrecerle un incentivo para que nos saque de aquí. Necesito llegar a mi esposa embarazada, y mi amigo aquí necesita llegar a Florida", dijo Bastian, tratando de negociar con un soborno o a través de la empatía.

Esto no está funcionando. Bastian decidió subir la apuesta. "Diablos, te compraré tu camión", dijo.

Aunque algunos dicen que el dinero no es la respuesta a todos los problemas, definitivamente hay algo sospechoso en un hombre que no puede ser persuadido por el sentimiento, la compasión o el dinero. Estaban tratando con un renegado. Su voz suave había enmascarado su verdadera naturaleza. Hace algún tiempo, Bastian vio una película como esta en la que algunas personas se habían quedado atrapadas en el bosque. Se llamaba *"El cazador de ciervos"*[15], y no terminó bien.

"La mejor ayuda que puedo ofrecer es empujarte fuera de la carretera para que yo pueda pasar", dijo el pelirrojo.

Harry pensó que era una gran idea. Bastián lo sabía. Su plan era sacarlos de la carretera para poder pasar. Así de simple. No había ninguna ayuda involucrada. Habiendo resuelto esto, Bastián le murmuró a Harry.

"Si estamos al lado del camino, nadie nos ayudará. Al bloquear el camino, al menos nadie puede pasar sin detenerse".

Pero Harry era un caballero. "Eso no sería justo."

Bastian se estaba exasperando. "La vida y la supervivencia no son justas", replicó.

"Confiemos en él", dijo Harry. Así que lo hicieron.

---

[15] https://en.wikipedia.org/wiki/The_Deer_Hunter

En cuanto se apartaron, el hombre pasó en su camión y no miró atrás. En ese momento, Bastian miró por el espejo retrovisor. Su vecino con el tractor estaba a lo lejos, pero no podía verlos porque ahora estaban empujados a un lado de la carretera. ¡Pero él había regresado y había cumplido su promesa! ¡Qué irónico! Tanto lo mejor como lo peor de la naturaleza humana se desarrollaban simultáneamente ante sus ojos.

¡Plan B!

"Muy bien, llamemos a la compañía de alquiler, digámosles que el coche está abandonado y que vengan a sacarnos de aquí con una grúa", dijo Bastian a Harry, "mientras se implementa el Plan C simultáneamente; llamar al 911, decir que estamos varados, bloqueando la carretera, nuestra salud podría deteriorarse, y necesitamos ayuda", terminó.

Harry pensó que no valía la pena hacer ninguno de los dos planes. Los servicios de emergencia se extenderían. No vendrían. Los hombres podrían quedarse sentados durante años, o peor aún, morir de frío, esperando ser rescatados.

Bastian sintió que era el momento oportuno para lanzar su primera charla de ánimo. "Harry, todo estará bien. Debemos mantenernos positivos, pensar en planes y ponerlos en práctica. Nada bueno saldrá de estar sentado aquí. Lamento mi mala decisión de venir aquí, pero ahora que estamos aquí, trabajemos para arreglarlo. Piensa en tu chica en Florida, y en lo primero que te gustaría hacer cuando la veas".

"Vale. Tú haces las llamadas", fue la respuesta vacilante de Harry.

Ambas llamadas fueron hechas. El tiempo estimado de llegada para cualquier rescate fue de 3 a 4 horas. Volvemos al plan A.

"Harry, sigamos tratando de llamar a alguien para que nos ayude", dijo Bastian.

Una hora más tarde, un hombre amable llamado CJ y su esposa se detuvieron a ayudar. No quería dinero, pero prometió volver y remolcar a los hombres varados a un lugar seguro. Fiel a su palabra, CJ regresó. Sin embargo, mientras regresaban, Bastian había convencido a alguien más para que se detuviera y los llevara de vuelta al centro de la carretera. Ahora, volvían a bloquear la carretera principal. ¡Ahora, alguien tenía que ayudar! No hacía daño que se les pudiera ver a kilómetros de distancia. El problema era que para que CJ los remolcara hacia adelante, tenía que pasar por ellos, arriesgándose a caer en una zanja él mismo con su camión. CJ se arriesgó, pero la suerte no estaba de su lado. Casi se volcó.

¡Ahora los dos estaban atascados! Bastian reflexionó sobre la historia del buen samaritano en la Biblia. De niño, le enseñaron esta historia de un hombre que ayudaba a un viajero robado y golpeado, un extranjero y un extraño para él en ese momento. Lo que Bastian no había comprendido en esa historia era la lección moral subyacente. Ser un buen samaritano conlleva un grave riesgo emocional y físico, probablemente incluso mayor que el de la persona que está siendo ayudada. También requiere desinterés, que es lo mejor que los humanos tenemos para ofrecer a nuestra galaxia. Es una historia de lo mejor de nosotros y, en última instancia, de la fe en nosotros mismos. Los hombres trataron en vano de ayudar a CJ, pero su coche se dañó, su espíritu se debilitó, y posiblemente se enfrentaba a una costosa reparación. CJ se había acercado a algunos de sus propios amigos para venir a ayudar, pero ellos lo rechazaron. Su fe en la naturaleza humana estaba disminuida. Fue entonces cuando Bastian le planteó su dilema moral a Harry y el tercero de los puntos de inflexión emocional que pueden ocurrir en una crisis.

"Harry, el hielo se está derritiendo un poco, y existe la posibilidad de que nos desatasquemos porque estamos en la carretera principal. Pero si eso sucede, no podemos detenernos y ayudar a CJ. Tendremos que seguir adelante y dejarlo varado. Su teléfono celular podría fallar, y entonces no podrá llamar a nadie para pedir ayuda. Estaría solo. ¿Nos detenemos y nos quedamos con él o seguimos moviéndonos?" expuso Bastian.

"Eso nunca sucederá", respondió Harry simplemente.

Bueno, ¡estaban a punto de ser probados!

De alguna manera, su auto se despegó. Se estaban moviendo, y ahora Bastian estaba duro con la gasolina.

"¡Alto, estamos dejando a CJ atrás!" gritó Harry.

Pero su compañero era firme. "¡No vamos a parar! Tuvimos la oportunidad de debatir ese dilema moral hace una hora, y tú esquivaste la pregunta. Ahora el momento de la elección está sobre nosotros, y yo he decidido por ti."

La ruta de escape era peligrosa. Había algunas huellas ligeras en la carretera (probablemente dejadas por los camiones monstruo), pero estaban en el lado equivocado de la carretera.

"Harry, una cosa más, estoy conduciendo por el lado opuesto de la carretera, no voy a desviarme. Cualquier auto que venga hacia nosotros tendrá que desviarse o chocar de cabeza. Mi cálculo es que los únicos coches que nos encontraremos serán camiones enormes y se desviarán porque pueden", fue el anuncio de Bastian.

"¡Estás loco! ¡Nos van a matar!" exclamó Harry.

"Diste un paseo con un hombre que no conocías y aceptaste conducir con él casi 500 millas en una ventisca de nieve; ¿cuál de nosotros crees que está loco?" Bastian se quebró.

Con bastante precisión, los autos que se acercaban a ellos se movieron. Sin que Harry lo supiera, Bastian rezaba a Dios para que los ayudara, para que sus antepasados vinieran en su ayuda, y para que ocurriera un milagro. ¡Y el milagro ocurrió! Al menos por un tiempo.

Mientras pasaban por delante de CJ, Bastian tuvo la presencia de ánimo de arrojarle su celular, que el nuevo cautivo atrapó. Era lo menos que podían hacer. Si esto fuera un examen de inteligencia emocional, habrían recibido una calificación reprobatoria. Deberían haber discutido todos los posibles resultados con CJ e incluirlo en el proceso de toma de decisiones.

Volvieron a su camino y se dirigieron a la autopista. Pero CJ seguía varado, aunque ahora tenía el móvil de Bastian para pedir ayuda. ¿Qué tan justo fue eso? Harry le preguntó a Bastian sobre la justicia de la situación. Bastian le dijo a Harry que también debía considerar a todo el personal militar que volvía a casa de la guerra en su descanso de dos semanas y que no podía volver a casa: esposas y maridos preocupados, niños llorando, y amigos y seres queridos deprimidos en el aeropuerto de destino. Habían dejado de ver a sus seres queridos por el esfuerzo de la guerra. Habían sobrevivido, pero ahora, el destino había dado un giro cruel y les había robado la reunificación. ¿Qué tan justo fue eso? La verdad es que no hay una respuesta correcta a la miseria, y ninguna palabra sabia puede controlar este tipo de angustia. Bastian y Harry estaban tristes por esos soldados, dando tanto por todos, pero relativamente desapercibidos. Inclinaron sus cabezas con total humildad para honrar a los hombres y mujeres que se sacrificaron.

Cabe señalar que la policía que fue enviada para ayudar, que había terminado pidiendo que caminaran hacia ellos por 3 millas para ser rescatados, no se presentó. ¿Cómo es posible que los servicios uniformados de este país sean tan diferentes? Bastian había anulado la sugerencia de Harry de que hicieran lo que el despachador de la policía había pedido. No por desconfianza hacia la policía, sino simplemente porque no tenía intención de dormir en un refugio para indigentes. En retrospectiva, estaba satisfecho consigo mismo por haber tomado esa decisión. Podrían haber muerto de hipotermia vagando por el bosque en medio de la noche sin nadie allí, sin comida y sin agua.

Finalmente, pudieron contactar con CJ llamando al teléfono de Bastian y confirmaron que estaba a salvo. CJ había usado el teléfono para llamar a su esposa, que lo había ido a buscar. No quería dinero. Lo más probable es que no pensara mucho en ellos. Aseguraron a la esposa de CJ que también habían usado el teléfono de Harry para llamar a los servicios de emergencia y les avisaron que CJ estaba allí, así como desviar hacia él la grúa de la empresa de alquiler que les había enviado. Pero, por desgracia, ella había llegado primero. Se ofrecieron a pagar todos los daños de su camión y querían invitarlos a la casa de Bastian a su regreso. Esperaban que él entendiera su situación y le pidieron que perdonara su decisión egoísta. La esposa de CJ fue muy amable con Harry por teléfono y le aseguró que todo estaba bien. Sin embargo, Harry se quedó con el corazón apesadumbrado por si su decisión había cambiado a CJ para siempre. Este es el problema con los dilemas morales; la realidad urgente no es nada como tener que vivirlo en la vida normal. Ellos siguieron adelante!

Sus tribulaciones aún no habían terminado.

La autopista estaba llena de vehículos varados. Algunos con las luces encendidas, así que sabían que los ocupantes seguían dentro, esperando ser rescatados. Harry se dio vuelta y miró a Bastian, que ya había visto antes esa mirada de desesperación.

"Nunca lo lograremos. Nunca, no en este Lexus de mierda. Está bastante claro ahora que no es realmente un 4x4, sólo un dos ruedas", se quejó Harry. No fue culpa del coche que escogieran las especificaciones equivocadas del vehículo. Casi lloró.

Ahora era el momento de la segunda y tercera charla de ánimo, todo en uno. "Harry, la situación es desesperada, y nuestras posibilidades no son buenas. Pero eso no cambia nada. Es por eso que estamos aquí, para enfrentar nuestros desafíos. Tendremos éxito. Sé positivo. Nunca me doy por vencido. Ni ahora, ni nunca. Nunca me cuestiono a mí mismo", dijo, mientras se precipitaban hacia Roanoke... y otra crisis más.

Roanoke estaba atascado a casi 100 millas. Harry había llamado a su novia, quien había confirmado que partes de la autopista estaban bloqueadas. No iban a ninguna parte. Y no lo hicieron por casi dos horas. Bastian le pidió a Harry que llamara a su hotel en Atlanta para cancelar. Su única esperanza sería conducir durante la noche si esto se despejaba. Los baños al lado de la autopista no tenían privacidad, pero tenían que arreglárselas. Era interesante observar lo rápido que el barniz de nuestra civilización podía empezar a despegarse en pocas horas de la presión externa de las condiciones climáticas adversas.

Cuando empezaron a moverse, fue traicionero. 20 MPH se sentía como alta velocidad, y en cada curva, había el peligro de caerse de la carretera. Muchos lo hicieron. Estaban en su propia película de desastre. ¿Quién pagaría por ver una película titulada *"Escape de Roanoke"*?

Cuanto más se arrastraban, más bajo era el ánimo de Harry. Estaba desesperado. Eventualmente, incluso sugirió que pararan en un hotel, a pesar de que estaba en medio de la nada porque tenía una piscina cubierta y climatizada donde podía limpiarse y calentarse. Dormirían y esperarían a que pasara la tormenta. Bastian le recordó a Harry que el primero había conocido a la mujer de sus sueños. Ella estaba embarazada de su bebé, y él no iba a perderse la primera ecografía en 2 días. Si Harry deseaba ir al hotel Days Inn, esa sería su decisión, y Bastian tendría que dejarlo allí con su equipaje.

Bastian pasó un par de horas explicándole a Harry que su propia vida había sido un viaje de perseverancia y de lucha. Al final, tomó sus propias decisiones. Es cierto que Bastian no siempre tenía razón, pero algunas de las decisiones también eran suyas. Le dijo a Harry que para él, las decisiones de comisión, aunque fueran equivocadas, eran mejores que las de omisión y arrepentimiento.

Por su parte, Harry era un hombre de clase media alta de origen judío. Había tenido una educación judía tradicional y podía oír a sus abuelos gritar "basta" cada vez que se acercaba demasiado al borde. Ahora, estaba encadenado a un inconformista en una mortal tormenta de invierno. Harry era un amigo de confianza y un maravilloso hombre de familia, que nunca se metía en ningún problema real en la vida, sino que lo llevaba en silencio y con la mayor dignidad posible. Era el tipo de hombre que conduciría a 8 MPH por encima del límite de velocidad, pero si le pedía que lo hiciera a 10 MPH, entraba en pánico. Era el tipo de hombre con el que la mayoría de los padres desearían que sus hijas se casaran. Pero Bastian no casaba a Harry con su hija, sino que era su compañero en un viaje arduo y peligroso. Los requisitos eran bastante diferentes.

Después de la sesión psicoanalítica no remunerada de Bastian, Harry preguntó qué había formado la personalidad del hombre más resistente y cuál era la personalidad perfecta. El primero le aseguró a Harry que su propia personalidad también estaba lejos de ser perfecta. De hecho, estaba incompleta y en su mayor parte defectuosa. Bastian le confió a Harry que si tenía un hermano gemelo, probablemente no se llevarían bien. Su personalidad se adaptaba a los cambios, a la invención y a la inventiva. Bastian luchó contra el aburrimiento y la impaciencia, maravillado por la sabiduría de algunos de sus propios tutores. El precio que a veces tenía que pagar por su personalidad era la soledad. No tenía muchos amigos, pero los que tenía eran como tesoros para él. Bastian hacía todo lo que podía por ellos. Siempre escuchaba a su niño interior, y eso le permitía avanzar con confianza. Habiendo descendido de una larga línea de guerreros y pioneros, uno de sus antepasados era tan feroz y decidido que cuando lo decapitaron en la batalla, tomó una de las otras cabezas en el suelo, la puso en su cuello y continuó luchando. La esposa del guerrero no volvió a acostarse con él cuando regresó a casa, ya que lo consideraba un impostor feo. Esto es parte del folclore del país natal de Bastian que se cuenta a muchos niños pequeños. Un día, él esperaba ser digno de ese legado.

Bastian le dijo a Harry que dejara de hablar de la muerte. Cuando llegara ese momento, sus ancestros estarían allí para ayudarlo. Todavía estaban presionando. Le dijo a Harry que estaría preparado para ser su mentor si lo deseaba.

Pasaron por Roanoke, y ahora, la batalla era contra el tiempo y los vientos fuertes. Fuertes ráfagas de viento soplaron sobre Charlotte, y el único respiro llegó cuando llegaron a Carolina del Sur. A partir de ahí, fue una cuenta atrás. Harry trató de reprogramar su salida de las 7:35 AM, pero el agente de viajes lo engañó. Le dijo que volviera a llamar 30 minutos después para que le asignaran un asiento después de su llamada inicial, pero en el intervalo, le dio su asiento a otra persona. Harry aparentemente no insistió lo suficiente. Bastian había hecho todo lo posible para ayudar a su nuevo amigo. 90 MPH en vientos fuertes en un pequeño SUV no es lo que cualquiera llamaría diversión. Hubo muchos momentos 'wow'.

Finalmente, llegaron al aeropuerto de Atlanta, unos 45 minutos antes de la partida programada de Harry. Se bajó, y Bastian le dijo que corriera a la terminal para abrazar a su amante. Devolvería el auto a la compañía de alquiler. Había sido un viaje por carretera de 24 horas. Bastian regresó a la terminal después de completar su tarea y comenzó a registrarse. Se unió a la cola frente a un nuevo recluta que acababa de terminar el entrenamiento básico. Bastian le preguntó su nombre y le agradeció su servicio.

El recluta simplemente respondió: "Alexander".

Bastian lo miró con gratitud. "Si mi primer hijo es un niño, lo llamaré 'Alexander'."

Desafortunadamente, su pesado estuche de computadora se resbaló y cayó sobre el pie del recluta. Bastian se disculpó ampliamente.

"No se preocupe. Ya no siento mis pies. Ha hecho tanto frío que los nervios en ellos deben estar muertos".

Bastian le agradeció nuevamente por su sacrificio, reservó su vuelo, y finalmente llegó a salvo a Londres al día siguiente.

Mientras el avión despegaba, Bastian se había gritado a sí mismo en el interior:

¡Me rehúso a morir en la cama!

Epílogo: Una explicación del cuento

Este es un cuento alegórico para resaltar cómo una serie de malas decisiones emocionales y la no aceptación pueden estar asociadas con conductas adictivas.

La clave de este cuento: Se presentan muchos puntos de inflexión en los que los protagonistas podrían haber elegido retirarse de su situación, pero en cambio, presionados por una espiral en caída, todos los puntos de salto fueron ignorados o discutidos desde un punto de vista intelectual en vez de emocional. Este cuento también pone de relieve cómo los prejuicios pueden profundizar una mentalidad tal que se hace imposible "escuchar" cualquier alternativa. El caso del Buen Samaritano se utiliza para enfatizar que a veces incluso los ayudantes pueden ser puestos en riesgo. A lo largo del relato hay un sentimiento de desesperación y decadencia, del que los protagonistas son los principales responsables, pero no pueden ver una salida para ellos mismos. Esto tiene paralelos con los comportamientos adictivos en los que el individuo es a menudo intelectualmente consciente de que puede tomar una mejor decisión. Aún así, la carga emocional de la enfermedad impide que se tome esta opción diferente. Aunque el cuento termina con éxito y su objetivo se logra, Bastian sigue siendo desafiante. Esto refleja la verdadera naturaleza de los comportamientos adictivos, en que las mejores decisiones del cerebro son secuestradas en la búsqueda de un objetivo singular y abrumador, que en este caso, era que los protagonistas llegaran a su destino. La relación entre Bastian y Harry es intrigante. A pesar de que Harry es un "buen hombre", su falta de voluntad para desafiar las ideas salvajes de Bastian lo convierte en cómplice. En el ámbito de la adicción, Harry se presentaría como un "facilitador" que aparentemente desea complacer; su incapacidad para hacer incluso las preguntas más obvias lo hace cómplice del resultado.

Hay elementos críticos que definen la baja inteligencia emocional. Algunos de los que se describen en este cuento incluyen la agresión, el egoísmo, la terquedad y la crítica de Bastian hacia los demás. Harry mostró algunos aspectos de la alta inteligencia emocional como la previsibilidad y la estabilidad, pero le faltaban otros que habrían sido útiles, como la asertividad, la persuasión y el cuidado. Notablemente, la inteligencia emocional es distinta del coeficiente intelectual, en el cual tanto Bastian como Harry probablemente se anotarían, por su planificación y toma de decisiones abstractas, muy alto.

Descargo de responsabilidad: Los puntos de vista sobre lugares, eventos y tipos de automóviles no reflejan necesariamente las opiniones del autor, y algunos aspectos han sido sobre enfatizados para añadir color al cuento.

Restauración I:

El Poder de la Nutrición

La imagen de arriba es: Bodegón con frutas y nueces pintado por el artista Robert Seldon-Duncanson. [16] *(1848)*

Clásicamente compuesta de frutas dispuestas en una pirámide de mesa, la pintura incluye notables pasajes que yuxtaponen las superficies lisas de las manzanas bellamente elaboradas con las cáscaras texturizadas de las nueces dispersas. [17] *Esta pintura reflexiona sobre el mensaje principal de este capítulo, que tal vez los alimentos para el cerebro más importantes provienen de las frutas, las nueces y sus respectivos aceites. Este capítulo propone una dieta equilibrada para la salud del cerebro, que hace hincapié en una dieta omnívora.*

[16] https://www.nga.gov/collection/art-object-page.157462.html
[17] https://www.nga.gov/collection/art-object-page.157462.html

"

Bastian estaba teniendo una pesadilla.

Una horrible pesadilla. El tipo de pesadilla de la que te despiertas con un recuerdo vívido de todo lo que pasó, sólo para olvidarlo por la mañana. Bastian había aprendido a no tratar de recordar. En cualquier caso, sabía que las pesadillas no tenían conexión con la realidad, pero eran un eco de algún tipo de estrés no resuelto que no había sido tratado en el estado consciente. Bastian sabía que muchas culturas creían en un mundo de sueños, y también que esto podía convertirse en una pesadilla. En ese mundo, era posible hacer cambios y volver a entrar en esa pesadilla para arreglar lo que había ido mal. Por muy posible que fuera, sabía que no se podía "arreglar" el estrés del que emanaba. Ese estrés era el nudo gordiano, el cual, cuando se desentrañaba, era el progenitor de todo tipo de comportamientos que no funcionaban bien para resolver el problema. Uno de estos comportamientos era beber demasiado, mientras que otros incluyen el uso de sustancias para "olvidar"; o arriesgarse habitualmente en un casino de juego (donde todas las probabilidades están en tu contra). El olvido de la aleatoriedad fue una solución. Bastian sabía que lo ilógico podía parecer la solución a la lógica del "estrés" y todo lo que puede emanar de él.

En ese mundo de estrés, nada tiene demasiado sentido. El tiempo se convierte en una mercancía que puede, aparentemente, ser comprada por el avance de la tecnología y la aparición de más electrónica... o eso es lo que algunas personas parecen pensar. Es así: al encoger el mundo, todo se vuelve más concurrido, y uno se convierte en su propio avatar. ¡Bastante impactante!

Este mundo "arréglalo" normalmente tiene una respuesta para el mundo físico. En pocas palabras, el cuerpo físico es un templo, y tienes que darle forma para convertirte en lo que quieres. Con ese control final, para cambiar quién eres, o peor, ocultar quién realmente eres, puedes cambiar la forma en que te sientes. De hecho, este énfasis en la forma física también proviene de la creencia de que la forma en que te ves puede modificar la forma en que te sientes acerca de ti mismo.

Bastian encontró que todo esto era parcialmente cierto, pero había una falla en el corazón del argumento, de la misma manera que había una falla en el argumento de la dualidad de la mente y el cuerpo; en el sentido real, son un todo unido.

Así que, reflexionó Bastian, *¿por qué la gente se despierta por la mañana para ir a correr y tonificar sus cuerpos, pero nadie parece despertarse para llevar a su cerebro a correr?*

Seguramente, un cerebro bien ejercitado también puede afectar al cuerpo. Y, ¿qué hay de darle al cerebro el alimento adecuado para resolver los problemas del cuerpo y la mente? Mejor aún, ¿por qué no mirarlo desde el otro lado? El razonamiento de Bastian era el siguiente: acelerar la salud física para "tonificar el cerebro" y comer los alimentos adecuados para "alimentar el cerebro"; a su vez, estos también afinarán el cuerpo. Llevado a su conclusión lógica, los alimentos adecuados y la cantidad correcta de ejercicio físico pueden "tonificar el cerebro" y ser una solución para el estrés, así como para todo lo que éste puede provocar, incluyendo; beber y drogarse en exceso, y tomar todos aquellos riesgos inútiles (nótese que la palabra "innecesario" no se usó).

¿Por qué no dar un paso más?, pensó Bastian.

¿Existe una teoría general que pueda reunir todo esto, que los antiguos humanos sabían instintivamente, pero que ahora está mayormente olvidada? ¿Cuáles son nuestros poderes para "restaurar" nuestros cerebros? ¿Pueden los alimentos y el ejercicio revertir el azote del estrés, para que podamos recuperar el control sobre la excesiva indulgencia en la bebida, las drogas y todos esos otros comportamientos que preferiríamos evitar? ¿Existe realmente una "corazonada" que afecta la funcionalidad de nuestro cerebro? Bastian necesitaba hablar con su amigo Astronuff. Era un verdadero genio y parecía tener una forma fácil de entenderlo todo. ¿Por qué no hacer esto aún más divertido y traer algunos estudiantes?

El Órgano Silencioso

Bastian conocía a Astronuff desde su época en Oxford. Astronuff era una de esas personas con las que pasarías fácilmente en la calle, pensando que acababa de escapar de un refugio para indigentes. Astronuff no sólo era desaliñado, sino que estaba completamente desarreglado. Su atuendo favorito era un suéter aparentemente apolillado y lo que parecía ser una alfombra de piel de oveja convertida y mojada. Su barba era indómita, y nunca lo encontrarías sin un cigarrillo encendido en su boca. ¿Cómo diablos podría este hombre ser un genio? Bueno, ¡el mundo funciona de maneras misteriosas! Y también lo hizo Astronuff.

Astronuff era un vikingo. Su objetivo principal era tener tantos niños como fuera posible que fueran chicos. Le encantaba contar las cruzadas vikingas, aunque se hacía pasar por cristiano, ¡y aludía a que no era nada más complicado que eso! No creía en la publicación de sus ideas, porque era un concepto demasiado neoclásico. En su opinión, el único momento en que uno debería publicar algo era cuando podía cambiar el mundo. Y era demasiado modesto para pensar que alguna de sus ideas pudiera hacerlo.

Su idea más intrigante en Oxford, donde él y Bastian habían compartido una pequeña oficina, era que podía conseguir que un PC/MAC tuviera el poder de procesamiento de una pequeña parte del cerebro de un lagarto. Esto fue mucho antes de la era de las supercomputadoras. Impertérrito por su falta de conocimientos de programación, Astronuff aprendió Programación C en sólo tres días, y C++ en sólo unas dos semanas, convirtiéndose prácticamente en un experto programador. ¡Esto normalmente lleva años! Intrigado, Bastian le había ayudado a construir lo que ahora se vería como redes neuronales primitivas (aprendizaje de máquinas) para dar algo dc "inteligencia" a su programación. Nadie se atrevía a discutir con Astronuff, excepto Bastian, por temor a que albergara ideas que ganaran al menos un par de premios Nobel, que todos los demás eran demasiado tontos para entender. Este enfrentamiento cerebral con su colega de entonces era un desafío, pero Bastian tenía el coraje de hacerlo ya que no temía a ningún otro intelecto. La creencia más fuerte de Bastian era que podía entender cualquier cosa que tuviera una explicación razonable. ¡Esto iba a ser divertido!

Bastian se acercó a Astronuff cuando debía dar unas conferencias en Oxford como parte de sus vacaciones de verano.

"Hola Astronuff, soy Bastian", explicó la persona que llamó por teléfono. "¿Te apetece una cerveza mientras estoy en Oxford la semana que viene?"

"Por supuesto, Bastian", respondió Astronuff. "Pero conociéndote, serán varias cervezas.

"¿Está bien si traigo a Pamela?" añadió, sin esperar mucho de una respuesta.

"Con gusto", dijo Bastian. "¿A las 6 pm en el bar Águila y Niño?"

Astronuff conocía las implicaciones de esa declaración. Este había sido un famoso lugar de encuentro de genios literarios como C.S. Lewis y J.R. Tolkien. "Espléndido", respondió finalmente.

"Te estás desviando del camino marcado, ¿no?" Astronuff añadió un par de golpes más tarde.

"Hasta entonces", Bastian se despidió.

Se puso intranquilo y algo nervioso. El día del rodaje, Bastian llegó primero, se encontró en una esquina privilegiada y se sentó a tomar una cerveza Guinness. Astronuff no había cambiado nada en la última década. Pamela, la mujer que lo acompañaba, fue una sorpresa.

Era una chica joven con un pelo rojo vibrante y una pinza para la nariz, *no muy parecida a una estudiante de doctorado*, pensó Bastian. Aún así, las apariencias pueden ser engañosas. Y así lo demostraron tan pronto como se sentaron. Pamela era una erudita de Rodas y más aguda que un borde recto. Físicamente, ella era un contraste asombroso con Astronuff, que bien podría haberse desdibujado en el fondo.

Astronuff se consiguió una cerveza Bass pale ale y lo mismo para Pamela, que era difícil de pasar por alto a causa de su constante movimiento de pelo. Astronuff comenzó a fumar de un cigarrillo electrónico sin humo; fumar regularmente había sido prohibido en los pubs británicos más de una década antes.

"¿Qué tienes en mente, Bastian? Traje a Pamela, un miembro de la nueva ola de pensamiento radical en la ciencia, para ayudar. No quedan muchos de esos. La ciencia está muriendo, Bastian. Llena de comités engreídos que ensalzan lo poco que sabemos. Hay más diálogo en un monasterio... ¡y ciertamente mucha más cerveza!" declaró Astronuff, quien definitivamente no estaba en buena forma esta noche.

"Astronuff, hagamos esto simple. ¿Por qué la gente no se toma en serio su cerebro? ¿Por qué no piensan o creen que el cerebro domina todo el cuerpo?" preguntó Bastian.

"Suena como si hubieras parafraseado una línea de El Paraíso Perdido de Milton[18], no es ciencia real, sólo fantasía",

[18] https://en.wikipedia.org/wiki/Paradise_Lost

respondió Astronuff. "No hay dominios en el cuerpo, sólo componentes. Muchos tan críticos para la supervivencia inmediata continua, y tener sólo uno existe para cada uno. Si fueras un ingeniero a cargo de la fabricación de humanos, ¿no habrías diseñado los órganos más críticos para tener duplicados?"

Aquí Pamela se unió.

"Y el más importante, el cerebro, parece ser el más expuesto; y un órgano codicioso en eso también, consumiendo cerca del 20% de los recursos energéticos del cuerpo. Nadie diseñaría un androide como un humano; simplemente no tendría ningún sentido."

Astronuff continuó: "La mayoría de la gente trata a sus cerebros como si fueran redundantes. Es uno de los ÓRGANOS SILENCIOSOS! La gente piensa que si no puedes sentirlo, no es importante. Creemos que nuestros corazones son importantes porque podemos sentirlos latiendo. Y cuando éramos niños pequeños, podíamos incluso oírlo latir. Nadie escuchó nunca el funcionamiento de su cerebro, así que nadie se toma en serio su cerebro. Al igual que nadie se toma en serio el hígado, ya que no pueden sentirlo funcionar. Así que, el único momento en que pensamos en cualquier órgano silencioso es cuando está tan enfermo, que no podemos evitar notar la incapacidad. Lo mismo ocurre con el hígado, por cierto. Así que, Bastian, esa respuesta es fácil."

"No creemos que nuestros cerebros sean tan importantes porque no podemos percibirlos realmente funcionando", concluyó Pamela. Ella continuó: "Es incluso peor que eso porque los otros órganos llamados silenciosos no son realmente silenciosos, pero "susurran". Por ejemplo, sabemos que nuestros riñones funcionan porque orinamos, y sabemos que nuestro hígado e intestinos funcionan porque tenemos que usar el baño para excretar los desechos fecales. El cerebro, teniendo en cuenta su tamaño, posición y poder de drenaje, es el más silencioso. Sí, sabemos que hay pequeños órganos internos de los que nunca oímos hablar, como el páncreas, pero no tienen el tamaño o el dominio del cerebro, aunque sí hacen sentir su presencia en las enfermedades, al igual que el cerebro".

"Vaya. No lo había pensado de esa manera", reflexionó Bastian. "Si pudiéramos hacer que nuestro cerebro se escuchara de alguna manera, tal vez entonces nos inspiraríamos para mantenerlo en plena forma... ¿Podría ser tan simple?"

Estrés Oxidativo

"¿Crees que nos dejarán entrar en la famosa 'Sala del Conejo'?" Astronuff bromeó.

"No lo sé. Suele ser para los mejores literatos, ¿no? Es donde C.S. Lewis y sus amigos se conocieron. Aunque habría sido genial haber escuchado todas esas historias florecientes", dijo Bastian. "Ojalá fueran científicos", continuó después de un momento, "podrían haber tenido historias más cercanas a lo que estamos considerando ahora".

"Ciudad equivocada", Pamela interrumpió sus deseos. "Eso sería en el 'otro lugar'[19]; la segunda mejor universidad del Reino Unido, no aquí."

"Oh, deja eso. Mi primo era profesor allí, y no era ningún tonto. Además, ¡tienen más laureados del Nobel en ciencia que nosotros! Así que tal vez, somos nosotros los que estamos en el lugar equivocado. ¿Qué sabemos de literatura?" Bastian

---

[19]https://en.wikipedia.org/wiki/Talk%3AThe_Other_Place#Oxford/Cambridge_Use_of_%22The_Other_Place%22

respondió con un inusual destello de irritación. "Y además, una buena parte de lo que quiero hablar vino de ahí."

Hubo una pausa en la conversación mientras todos se llenaban las copas.

"Bueno, si estamos todos listos ahora, aquí está el otro tema; creo que el cerebro nos habla cuando está estresado. Todo el mundo está acostumbrado a que sus músculos se estresen y duelan, eso es fácil, pero el cerebro que se estresa también conduce a todo tipo de malos resultados.

El principio clave aquí es lo que se llama "estrés oxidativo". Las personas más vulnerables ni siquiera son conscientes de que este fenómeno existe", abrió Astronuff.

"¿Cómo se manifiesta eso realmente?" preguntó Bastian.

Pamela se puso de pie como un tiro, apuntando a una pizarra invisible.

"El estrés oxidativo es un desequilibrio entre los radicales libres y los antioxidantes en el cuerpo. Los radicales libres son moléculas que transportan oxígeno con un número desigual de electrones. Causan un gran número de complicadas reacciones en cadena en el cuerpo y reaccionan con casi todas las demás moléculas con las que se encuentran, causando la oxidación. A veces, esto es bueno, pero sobre todo, es malo. Ahora, así es como los antioxidantes entran en juego: ¿Recuerdas que los radicales libres tienen un número desigual de electrones? Bueno, los antioxidantes les donan electrones, sin volverse inestables ellos mismos, haciendo un número par de electrones que ahora no son tan reactivos. Los antioxidantes son realmente buenos para usted en general y muy buenos para su cerebro. Ahora, mucha gente confunde el oxígeno, que respiramos, con la oxidación. No son la misma cosa. Pero no voy a hacer un paréntesis."[20]

Recuperando el aliento, Pamela continuó. "El estrés oxidativo puede llevarte a enfermar de hipertensión, endurecimiento de tus arterias (aterosclerosis), diabetes y cosas por el estilo. Lo más importante es que conduce a una degeneración de tu cerebro. Incluso puede explicar por qué tenemos enfermedades como el Parkinson y el Alzheimer. Beber demasiado alcohol, tomar drogas, fumar o incluso comer en exceso son verdaderos asesinos del cerebro! El estrés oxidativo es la razón por la que morimos... pero esa es una historia que

[20] https://www.healthline.com/health/oxidative-stress)

puedo contar más tarde. Lo bueno aquí, chicos, es que si comemos las cosas correctas, podemos reducir este estrés oxidativo. No por la vía fácil - tomar vitaminas que se cree que tienen propiedades antioxidantes - sino a través de comer comida real, comida real para gente real. Comida desprovista de accesorios para hacer dinero a las compañías farmacéuticas."

"Todo eso está bien", dijo Bastian, "pero ¿sabían que la materia que me quema la mente es cómo se relaciona el estrés oxidativo con el consumo excesivo de alcohol? Ahora, déjame decirte algo de lo que sé".

Estrés Oxidativo y Consumo de Alcohol

Bastián se preparó. Ya era hora de ser el "Profesor".

"Sé que crees que leer demasiado es un poco recargado, Astronuff, pero leí este fascinante artículo de un tipo llamado Wu.[21]"

[21] https://pubs.niaaa.nih.gov/publications/arh27-4/277-284.htm

"¿Quién?" preguntó Astronuff confundido.

"Wu". Defeng Wu, no 'quién (en inglés)'", aclaró Bastian. "Wu describe estas moléculas de oxígeno altamente reactivas, llamémoslas las Especies Reactivas de Oxígeno (ERO), que son bastante para muchas reacciones dentro de las células de nuestro cuerpo. El alcohol promueve la conversión de la Xantina deshidrogenasa en xantina oxidasa (Sultatos, 1988), lo que genera estas moléculas ERO, y éstas, a su vez, aumentan el estrés oxidativo. Sin ser controlado por los antioxidantes, el estrés oxidativo se asocia con el uso del alcohol:

a) Causa reacciones espirales en la relación NAD+/NADPH que interfieren con la descomposición del alcohol, aumentan el acetaldehído en la célula, creando así un daño aún mayor, promoviendo aún más ERO;
b) Daña las mitocondrias -los orgánulos intracelulares que producen energía dentro de la célula- y, al hacerlo, priva a las células de oxígeno. Este es un proceso conocido como hipoxia celular;
c) Le dice a nuestro sistema inmunológico que empiece a producir Citoquinas (básicamente señalando una guerra inmunológica contra un agente desconocido),

permitiendo así que las endotoxinas producidas por las bacterias entren en las células y se escondan; y

d) Provoca su propio ciclo vicioso de destrucción al separar los metales de las proteínas y producir su propio radical, llamado radical 1-hidroxietil. Esto no sólo es perjudicial para las células cerebrales, sino que también es muy malo para las células del hígado porque afecta la capacidad de las moléculas P450 para descomponer productos. Por lo tanto, usted sería incapaz de descomponer las toxinas en sus alimentos de manera eficiente (y esto es en realidad un proceso vital en la producción de daño hepático inducido por el alcohol).

"Si bien hay un cierto alivio debido a la producción transitoria de CYP2E1 (Lieber, 1977) para metabolizar el alcohol, esto es, en sí mismo, abrumado por el consumo excesivo de alcohol."

Al darse cuenta de que había monopolizado la conversación, Bastian decidió comprobar que aún tenía público.

"¿Quieres saber más?"

"No dejes que detengamos tu conferencia", respondió Pamela, haciéndole un gesto para que continuara.

"De hecho, me gustaría tomar algunas notas".

"Igual que Bastian", resopló Astronuff, "para ser una maldita enciclopedia".

Bastián, sin embargo, no se inmutó.

"Lo peor es que la gente no sabe lo que es correcto para ellos y por eso toman suplementos como locos, sin saber muy bien lo que están haciendo. ¿Recuerdas que dije que el consumo de alcohol libera el hierro de las proteínas de la célula? Bueno, ¿adivinen qué? Si bebes demasiado, tendrás una situación en la que tus células están sobrecargadas de hierro. Y si simplemente le das a todos los que beben en exceso un poco más de hierro, porque escuchaste que alguien que bebe demasiado podría tener anemia, entonces *voila*, ¡te espera otra cosa! Tu hígado no puede soportar todo este hierro, y terminarías con un daño hepático (Sadrzadeh et al. 1994; Tsukamoto y al. 1995; Nanji y Hiller-Sturmhöfel 1997). Todo esto se conoce desde hace décadas! Para empeorar las cosas, toda esta actividad ERO puede dañar su ADN, llevando a todo tipo de mutaciones y cánceres. Los canadienses son inteligentes. Tienen etiquetas de advertencia en las bebidas alcohólicas que dicen que pueden causar cáncer, ¿por qué no se hace esto en todas partes?"

"Y", continuó Bastian, "esto es lo que puedes hacer para acelerar el círculo vicioso del daño causado por el estrés oxidativo: aumentar tus niveles de radiación natural sentándote al sol y absorbiendo cantidades excesivas de luz ultravioleta; sentarte en una ciudad infestada de smog, en lugar de estar al aire libre o junto al mar, o en el campo; fumar o inhalar humo secundario; y sí, incluso sólo estresar tu cuerpo o dormir muy poco. Todas estas son recetas para una muerte temprana".

"Ya no tengo ganas de beber", dijo Pamela. "Realmente has arruinado la noche. Pensé que esto era para divertirse un poco con dos viejos profesores. En vez de eso, me dices que estoy sentada con ustedes bebiendo veneno".

"Sigue adelante", dijo Bastian, "aunque el alcohol puede causar estos efectos, hay muchos procesos naturales para reducir el daño. Llegaré en un minuto si me lo permites".

"Será mejor que te pongas manos a la obra rápidamente. Parece que has atraído a una gran multitud", se burló Astronuff. Por supuesto, pequeños grupos se habían reunido alrededor de su mesa. "Nos arriesgamos a que nos echen de este lugar, para no volver nunca, si todos dejan de beber. Debería bajar un poco la voz cuando se emocione, profesor", regañó.

Combatir el Estrés Oxidarivo a través del Comportamiento General y la Nutrición

Bastian se arrastró en su silla, pero luego, decidió levantarse, ya que de todas formas sentía los ojos como dagas en su espalda.

"Escribí un pequeño artículo sobre esto hace algún tiempo pero no recibí muchas gracias... excepto de un tipo muy agradable. Su receta,[22] (ahora ampliada a 15 artículos) puede hacerte más inteligente, y quizás, incluso ayudarte a frenar la bebida demasiado. Ciertamente reducirá el daño que el uso del alcohol puede hacer a tu cerebro y al resto de tu cuerpo, y puede comprobar el hábito de comer muchos de los alimentos equivocados. También recomiendo ciertas formas de vida, o

---

[22] https://www.business2community.com/food-recipes/professor-bankole-johnsons-14-foods-will-make-smarter-0640801

debería decir de ser,[23] que desearía seguir yo mismo ya que sin duda me sentiría mucho mejor.

"En un resumen conciso, aquí va:

Comportamientos Generales

Estas son algunas de las cosas que todos podemos hacer, al menos algunas de ellas:

1. No te sientes al sol o pases demasiado tiempo en él. Si tienes que salir al sol, usa protector solar, sin importar el color de tu piel o tu complexión;
2. Use los productos químicos de limpieza con precaución; están zumbando con los radicales libres tratando de aferrarse a toda esa suciedad;
3. Duerma bien. Su cuerpo requiere un sueño adecuado para producir antioxidantes;
4. Trate de evitar comer en exceso, lo que pone a su cuerpo en un estado de constante estrés oxidativo; y

---

[23] https://www.healthline.com/health/oxidative-stress#prevention

Haga ejercicio de forma moderada[24] y regular para aumentar el nivel de antioxidantes de su cuerpo (especialmente el ejercicio aeróbico). Esto también retrasará su envejecimiento, lo mantendrá más saludable y le hará vivir más tiempo. Más adelante en este libro, hay más información sobre lo que constituye un ejercicio aeróbico "adecuado".

Nutrición... Ahora pongamos algo de bioquímica en uso:

a). **Suplementos.** Recordarán que advertí sobre el exceso de hierro y los suplementos de hierro si se bebe demasiado, porque eso puede causar más daño. Pero, hay ciertos suplementos a los que deberías prestar atención. Pero primero, un poco más de bioquímica; hay un sistema en el cuerpo llamado sistema de glutatión peroxidasa. Incluye múltiples componentes como la enzima glutatión peroxidasa, glutatión reductasa, el cofactor glutatión, y niveles reducidos de nicotinamida adenosina dinucleótido fosfato (NADPH).

Las moléculas de ERO son eliminadas del cuerpo por las superóxido dismutasas, que eliminan los radicales de

---

superóxido. Para el funcionamiento eficiente de este sistema de protección ERO es fundamental un grupo de elementos que se necesitan y que deben estar presentes en niveles bajos de la célula. Estos incluyen *el selenio, el manganeso, el cobre* y *el zinc.* Nótese que un exceso de estos suplementos no proporcionará ningún beneficio adicional y podría incluso ser perjudicial para el hígado. Por lo tanto, la primera recomendación es asegurar niveles adecuados de selenio, manganeso, cobre y zinc en el cuerpo. Esto se puede lograr a través de una dieta equilibrada. Si esto no es posible debido a una enfermedad intestinal o a opciones nutricionales, el uso de suplementos apropiados bajo supervisión médica también servirá.

El segundo conjunto de recomendaciones sería asegurar la ingesta de *vitaminas del grupo B y de tiamina*, que son importantes cofactores para el metabolismo cerebral y la salud neuronal. *Las vitaminas A, D, E* y *K* también son suplementos importantes si no se obtienen a través de la dieta, ya que su ingesta puede ser inhibida por el consumo excesivo de alcohol. Otras opciones inteligentes serían el *glutatión* como antioxidante, y la *vitamina C* para ayudar a reforzar el sistema inmunológico.

b) **Los arándanos** pueden ayudar a proteger el cerebro del estrés oxidativo, lo que puede reducir los síntomas de las enfermedades mentales relacionadas con la edad, como el Alzheimer y otras formas de demencia.

c) **Los frutos secos y las semillas de todas las variedades** tienen un alto contenido de vitamina E y, por consiguiente, ayudan a resistir el declive cognitivo. Se pueden comer regularmente nueces como las nueces de Brasil, cacahuetes, semillas de lino, almendras y semillas de girasol.

d) **Los granos integrales** pueden ayudarle a perder peso y a estar en forma. También ayudan a prevenir las enfermedades cardíacas, lo que eventualmente asegura que su cerebro trabaje de manera más inteligente.

e) **El chocolate negro**, debido a sus poderosas propiedades antioxidantes, puede ayudar a mejorar la concentración. Media onza de esto al día es suficiente.

f) **Té recién hecho que no esté en polvo o embotellado**. Tomar hasta dos o tres tazas al día le ofrecerá a su cerebro una modesta cantidad de cafeína, que le ayudará a concentrarse mejor. Debe evitarse el té en polvo o embotellado, ya que suele ser menos eficaz.

g) **Los aguacates** tienen propiedades similares a los arándanos y también promueven un flujo sanguíneo saludable en el cuerpo, y especialmente en su cerebro, debido a la buena grasa[25] que contienen.

h) **El salmón salvaje y otros peces de aguas profundas** ayudan a mejorar el rendimiento cerebral debido a la alta cantidad de ácidos grasos omega-3 que contienen. De hecho, los ácidos grasos omega-3 son críticos para la salud general del cerebro. Son grasas poliinsaturadas, que contienen productos esenciales como el ácido eicosapentaenoico (EPA) y el ácido docosahexaenoico (DPA). El EPA y el DPA son tan críticos para la función cerebral que sus niveles en el embarazo se correlacionan con las puntuaciones más altas en las pruebas de inteligencia (Helland B et al., 2003; Oken et al. 2005) realizadas en la descendencia, y pueden reducir el declive cognitivo en los adultos (Yurko-Mauro et al., 2020).

Bastian recordó que de niño, su padre siempre hacía que su hermana y él tomaran una cápsula de aceite de hígado de bacalao durante años! En ese momento, a Bastian no le gustaba

---

25 http://www.webmd.com/diet/features/skinny-fat-good-fats-bad-fats

tomar cosas tan "asquerosas", pero le llegó a gustar el salmón salvaje. En los adultos mayores, la disminución de los niveles de DPA se asocia con la reducción del tamaño del cerebro.

"Pero no te pases," continuó Bastian. "La FDA de los Estados Unidos ha establecido un límite superior seguro para la ingesta de suplementos de ácidos grasos omega-3 de 3000 mg al día, mientras que la Autoridad Europea de Seguridad Alimentaria ha aumentado la dosis máxima recomendada a 5.000 mg al día.[26] Ahora, volviendo a la lista. ¿Por dónde iba? ¿Terminó el octavo, creo?

i) **Los frijoles** le ayudarán a estabilizar su nivel de azúcar en la sangre, resultando en un mejor rendimiento para su cerebro.

j) **El jugo de granada**, ya sea que se beba en forma de jugo o se tome de la fruta, ha demostrado a través de la investigación[27] que tiene mejores beneficios antioxidantes que el vino tinto y el té verde, lo cual es una buena noticia ya que eso significa que tomar granada puede ayudar a que su cerebro funcione mejor.

---

[26] https://www.healthline.com/nutrition/omega-3-fish-oil-for-brain-health#section2

[27] http://www.ncbi.nlm.nih.gov/pubmed/11052704

k) **La remolacha**, debido a su riqueza en vitamina B, asegurará, cuando se consuma regularmente, la abundancia de los nutrientes que le ayudarán a procesar los datos y a ordenar rápidamente los recuerdos. Sin embargo, asegúrese de evitar las remolachas enlatadas.

l) **Los huevos** también son ricos en ácidos grasos omega-3 que protegerán tu cerebro. Tomar huevos con regularidad puede ayudar a hacerte más "inteligente", así como a prevenir enfermedades como el Alzheimer.

m) **Las espinacas** son ricas en hierro, lo que ayuda a prevenir los problemas de desarrollo del cerebro en bebés y adultos. Tenga cuidado con la ingestión excesiva de hierro si consume mucho alcohol.

n) **La col rizada** tiene agentes antienvejecimiento que disminuyen la edad del cerebro, lo que hace que funcione con mayor eficacia.

o) **Las manzanas** contienen sustancias que le protegen de los productos químicos que dañan el cerebro. Sin embargo, es importante comer sólo manzanas orgánicas, ya que estas sustancias están en la piel de la fruta".

Hay otros alimentos que tienen propiedades antiinflamatorias conocidas. Por ejemplo, el salmón contiene ácidos grasos omega-3, que cuando se sirve asado, escalfado o al vapor puede ayudar a reducir la inflamación. Las especias como la tumérica también tienen propiedades antiinflamatorias y cuando se combinan con la pimienta negra se absorben mejor. Las semillas de lino, las semillas de chia y la granola son importantes para una dieta antiinflamatoria equilibrada, y añadir nueces a las ensaladas puede servir para mejorar el sabor de alimentos como las ensaladas, así como mejorar sus propiedades antiinflamatorias. Por encima de todo, ¡bebe mucha agua!

Bastian redondeó su comentario con un adorno.

"Sabes que hay alimentos que debes probar y evitar si bebes demasiado, ¿verdad? Básicamente, cualquier cosa que lleve a una rápida ingesta de azúcar excesiva. Esto puede ser fatal si tu cerebro se ve privado de ciertas moléculas llamadas cofactores, que impulsan un proceso biológico llamado el ciclo de Krebs.[28] Si el ciclo de Krebs se ve afectado, hay un manejo ineficiente de la respiración celular. En resumen, hay una escasez de hidrógeno y electrones para impulsar los orgánulos

28 https://simple.wikipedia.org/wiki/Krebs_cycl

energéticos del cerebro; las mitocondrias. Esto conduce a una cantidad incontrolada de azúcar en el cerebro, que se descompone en una abundancia de cetonas. Esta "carga" de cetonas y azúcar en el cerebro puede llevarte a un coma o incluso matarte. ¡Supongo que eso será todo entonces!" Bastian completo.

El pequeño público en el pub no sabía exactamente lo que estaban presenciando, pero todo era un poco divertido. Un grupo de personas más extraño de lo que uno podría pensar que podría conocerse, estaban aquí en un lugar, hablando de ciencia y comida al mismo tiempo. Esto podría suceder en otros lugares además de Oxford, que estaba lleno de gente muy inteligente que andaba por ahí, aparentemente sin hacer mucho. La audiencia era demasiado sofisticada para pedir una tarjeta de visita a los participantes ya que el anonimato del grupo transmitía su propia credibilidad. ¿Y por qué alguien aplaudiría siquiera? Esto era sólo una broma normal de pubs entre colegas.

Bastian estaba exhausto y se arrojó de nuevo en su asiento. Pamela había sacado su celular para asegurarse de que la niñera no se había ido, y Astronuff se acariciaba la barba, haciéndola más fea en la luz difusa del pub.

"No sé qué más decir, Bastian. Tu lista de alimentos permite, según mis cálculos, más de un trillón de recetas diferentes, tal vez mucho más. Lo cual es más que suficiente para comer en toda una vida, así que se puede hacer", dijo Astronuff.

Típico de Astronuff. *Había reducido todo esto a una ecuación matemática de primos*, pensó Bastian.

"¿Es hora de dar por terminado el día, Astronuff y Pamela?", preguntó.

"Supongo que sí" llegó la respuesta colectiva, todos recogieron sus abrigos y a regañadientes se dirigieron a la puerta. Parecía que la noche estaba algo incompleta, pero los siguientes pasos eran menos seguros. Nadie parecía estar de humor para más bebida, o un rápido sprint a la casa de kebab para un aperitivo nocturno. Se necesitaba más reflexión.

"Salud", gritó Bastián mientras se desparramaban por la calle. Él también sabía que esto iba a continuar... ¿pero dónde? ¿Por quién? ¿Y cómo?

Lecturas Adicionales (consulte las páginas de referencia)[i]

El Águila y el Niño es más conocido como el lugar de encuentro de los Inklings - un grupo literario informal que incluía a C.S. Lewis y J.R.R Tolkien. Una placa en una esquina que era parte de la "Sala del Conejo" conmemora donde se reunían regularmente. Aparentemente, este pub también sirvió como alojamiento del Ministro de Hacienda durante la Guerra Civil. [29]

El Ciclo de Krebs[30]

El siguiente diagrama muestra cómo esta parte de la respiración es un ciclo que se repite constantemente y que produce ATP y emite CO2. El trifosfato de adenosina (ATP) es una molécula que transporta energía en forma química para ser utilizada en otros procesos celulares. En resumen:

1. Dos moléculas de dióxido de carbono son emitidas
2. Se forma una molécula de trifosfato de guanosina (GTP)

---

[29] [13]http://www.top5oxford.com/pubs.php
[30] https://simple.wikipedia.org/wiki/Krebs_cycle

3. Tres moléculas de dinucleótido de nicotinamida y adenina (NAD+) se combinan con hidrógeno (NAD+ → NADH)
4. Una molécula de Dinucleótido de Adenina Flavina (FAD) se combina con el hidrógeno (FAD → FADH2)

Debido a que se producen dos moléculas de acetil-CoA de cada molécula de glucosa, *se requieren dos ciclos por cada molécula de glucosa.* Por lo tanto, al final de los dos ciclos, los productos son: dos ATP, seis NADH, dos FADH2, dos QH2 (ubiquinol), y cuatro CO2.

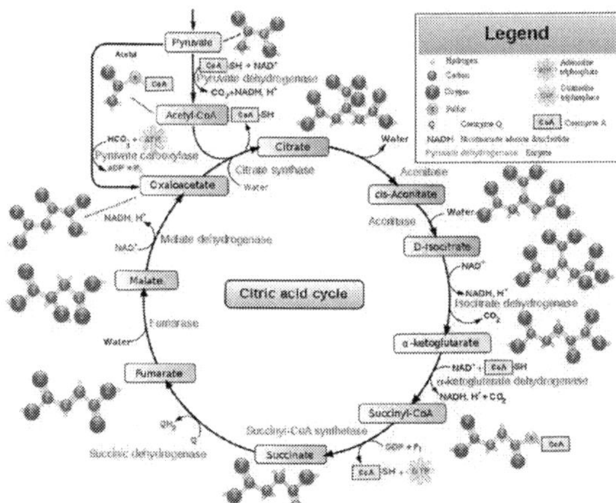

Ver también:

¿Cuál es la diferencia entre NAD+ y NADH?[31]

¿Cuál es la diferencia entre FAD y NADH?[32]

---

[31] https://www.elysiumhealth.com/en-us/science-101/whats-the-difference-between-nad-and-nadh

[32] https://www.quora.com/What-is-the-difference-between-FADH-and-NAD

Restauración II

Una Aplicación de la Nutrición

La pintura de arriba se llama La Estación de Ferrocarril[33] *(1862) y es del artista del siglo XIX William Powell Frith.*

William Powell Frith (1819-1909) fue uno de los más grandes retratadores de la vida del siglo XIX. La pintura presentada es La estación de tren de Froth (Universidad Real Holloway). Se encuentra en la estación Paddington de Londres, completada una década antes, construida por el gran ingeniero victoriano Isambard Kingdom Brunel. Paddington era un edificio de vanguardia, construido con hierro fundido y vidrio, y en ese momento, iluminado por luz de gas.

---

[33] https://artuk.org/discover/artworks/the-railway-station-12825

"

Fue un hermoso – no – un día simplemente magnífico en Oxford.

Bastian disfrutó el viaje en taxi a través del puente que cruza el río Cherwell y pasa por la Torre de la Magdalena. Recordó, con mucho cariño, estar de pie en la parte inferior de la torre a las 6 am en una Mañana de Mayo[34] para escuchar lo que sonaba como un coro angelical cantando *Hymnus Eucharisticus*, una tradición que se remonta a Enrique VII, hace unos 500 años. Pero esta no era una helada mañana de Mayo, era la mitad del verano, y las agujas de la torre de la Magdalena se podían ver a kilómetros de distancia.

No era la ruta más rápida para llegar a la Unidad del Consejo de Investigación Médica de la Universidad de Oxford en el Hospital Warneford, donde había acordado reunirse con Astronuff y Pamela de nuevo. Bastian llegaba exactamente 4 minutos tarde, pero creía que el tiempo era el lujo máximo, y pasar unos minutos extra de él de la manera que querías era simplemente el cielo en la tierra.

---

[34]https://en.wikipedia.org/wiki/May_Morning

Bastian estaba deseando volver a ver a Astronuff, y por supuesto, a Pamela. Habían pasado varios meses desde su discusión invernal en el bar Águila y Niño, y para Bastian, algunas de las ideas habían empezado a asentarse en su cabeza. La búsqueda de hoy era entender la aplicación de la nutrición a la salud cerebral, en particular para apoyar a aquellos con excesivos hábitos de bebida, o aquellos cuyo uso de sustancias se había salido de su control.

Bastian conocía bien su camino en la Unidad del Consejo de Investigación Médica (UCIM) - no hace muchos años, él también había estado ocupado en los mismos pasillos.

¿Alguna vez fui tan joven? se preguntaba, mientras se acordaba de los estudiantes.

La habitación de Astronuff estaba justo al final del pasillo en el primer plano. Le gustaba esta percha, ya que podía sentarse en el alféizar de la ventana y echar un cigarrillo rápido. ¿Cómo podría cualquier médico hoy en día fumar? Pero Astronuff era de una época verdaderamente pasada, y era mejor aceptarlo tal como se presentaba. Pamela ya estaba en la oficina de su colega cuando el invitado llegó. Se veía extrañamente diferente hoy; ciertamente más bonita con su pelo largo atado prolijamente en un nudo en la espalda. El aro de la nariz no se veía por ninguna parte. Bastian tuvo que tomar la decisión de no preguntarle a Pamela qué había hecho con él. Eso habría sido políticamente incorrecto, tal vez en cualquier día, y menos en Oxford en la actualidad.

A Astronuff no le interesaba hablar de nutrición. En su lugar, se vio envuelto en una discusión sobre lo distraídos que estaban todos en el mundo, y cómo ya nadie pensaba de verdad. De hecho, no le importaba mucho la nutrición; su filosofía era simplemente comer hasta que le doliera el estómago. Aunque era un científico brillante y sabía que el cerebro recibía señales del estómago y que pasaban varios minutos completos antes de que los efectos se notaran conscientemente, no parecía tener la precaución de comer más despacio. De hecho, no parecía importarle en absoluto. Era simplemente su filosofía de vida: darse el mayor gusto posible mientras se pudiera salir con la suya.

Astronuff se levantó para saludar a Bastian con un gran abrazo, como si no se hubieran visto en varios años. Pamela, manteniendo su distancia, extendió la mano con un brazo extendido.

"¿Buen viaje desde Londres?" Astronuff preguntó.

Bastian prácticamente había olvidado su viaje en el tren de Londres a la estación de Oxford, ya que se había desdibujado por un maravilloso viaje en taxi desde la estación a la Unidad UCIM. ¿Cuán cierta era la observación de Astronuff acerca de lo completamente distraído que se había vuelto el mundo?

"Astronuff", comenzó Bastian, "Tuve un extraño encuentro en el tren con un alma perdida".

"Cuéntanoslo", murmulló Pamela, mientras vertía un poco de té Earl Gris en sus tazas de té y pasaba unas cuantas galletas, bastante húmedas.

"Claro", dijo Bastian.

Así fue como pasó el viaje en tren de Bastian desde la estación de Paddington en Londres a Oxford.

El Viaje en Tren

Los dos hombres, Bastian y Samuel, se conocieron por accidente en un viaje en tren; cada uno se dirigió a su destino individual, pero también, teniendo sentimientos muy diferentes sobre cómo transcurriría el día.

Bastian, médico de profesión, era un hombre que había ido a todas las escuelas correctas pero que le quedaban menos años por delante que por detrás. Tenía un comportamiento entusiasta que halagaba sus años y se sentía optimista sobre el día. Bastian era un hombre de precisión en la observación de los minutos, justo del tipo que aún usaba un reloj mecánico, calibrado perfectamente al tiempo. Sí, Bastian veneraba a *Patek Phillipe*[35] como una marca, pero no para un viaje como el que se avecinaba. Ese día, la elección de Bastian fue un *Louis Moinet Memoris*, una marca inventada por el fabricante del primer cronógrafo.[36] Un reloj que contaba una historia, pero que no era ostentoso por su nombre o apariencia como para llamar la atención de cualquiera, sino de un conocedor. Se dirigía a Oxford para dar una charla, no para una reunión social. Bastian nunca se permitiría la pereza casual de un reloj electrónico, aunque pocas personas tenían mayor sofisticación informática. Bastian siempre llegaba no más de 6 minutos tarde, nunca más, nunca menos; el tiempo que tardaba en ser notado, pero no ser mirado.

Samuel era unas dos décadas más joven. Por su parte, había hecho las cosas correctas, casi fue a todas las escuelas correctas,

---

[35]https://en.wikipedia.org/wiki/Patek_Philippe_SA
[36]https://en.wikipedia.org/wiki/Louis_Moinet

pero fue un gran éxito de todos modos. Fue un adoptador de la "era moderna", confiando todo su conocimiento a lo que leía en línea y consideraba que las bibliotecas no eran muy diferentes de los museos. Samuel era rico, consumado y un astuto hombre de negocios, con la astuta habilidad de ser capaz de "leer" a la persona que tenía delante.

El contacto inicial de Bastian y Samuel había sido de una dolorosa incomodidad. Samuel se había sentado al lado de Bastian y sacó su teléfono celular, sin señal. Se arrastró incómodamente para alcanzar su otro teléfono en su maletín, ¡pero aún así no había señal! Samuel miró más allá de sí mismo lo suficiente como para captar la sonrisa irónica de Bastian mientras murmuraba, "Bienvenido a nuestro nuevo planeta sin distracciones".

Samuel ya había conocido al tipo de Bastian antes... o eso creía. Obviamente, un hombre aburrido, de mediana edad, sin mucho que hacer, que busca pelearse con alguien. Lo ignoró.

Sin embargo, Bastian no estaba dispuesto a renunciar al encuentro y lo intentó de nuevo.

¿"Ir a casa para estar con la familia"?

"No, sólo a una reunión", fue la respuesta recortada de Samuel. "Nunca sé por qué la red rara vez funciona en estos trenes. ¡Es frustrante!", continuó.

"Bueno, tal vez podamos hablar", dijo Bastian.

Samuel se encogió de hombros.

Tomando esto como referencia, Bastian continuó. "Me llamo Bastian".

Samuel respondió: "Sólo llámame Sam".

"Te llamaré Samuel", respondió Bastian.

El dueño del nombre se encogió de hombros otra vez.

"¿Te has dado cuenta de cuánta gente está sentada detrás de ti, Samuel?"

Samuel estaba desconcertado.

¿Qué clase de prueba es esta? se preguntó. *¿Estoy siendo filmado?*

"¡Seis!" Dijo Bastian rápidamente.

"¿Cómo lo adivinaste?" preguntó "Sam".

"Bueno, lo conté. Nunca se sabe cuándo una cosa así puede ser útil. También noté el color de tus zapatos. La señora sentada al final de la fila se notaba más con su zapato rojo brillante con calcetines azules", dijo Bastian.

"¿Haces esto para ganarte la vida?" preguntó un Samuel aún más desconcertado. "Como, ¿algún tipo de jugador o jugador de cartas?"

"Nada de eso", respondió Bastian, "Sólo soy un médico rural. Nací en un mundo que, probablemente, te suena a ciencia ficción. No hubo teléfonos celulares hasta que tuve lo que presumo es tu edad, e incluso esos eran del tamaño de una pequeña maleta. Sí, y los ordenadores eran del tamaño de una habitación."

"¡Debes tener 100 años!" Declaró Samuel.

"Se siente así, pero en realidad, yo era tal vez mucho más viejo de lo que eres ahora en el cambio de milenio. No veré el próximo, pero tampoco tú ni nadie más en este tren", dijo Bastian, murmurando la última línea.

Samuel había recuperado algo de su compostura y se dio cuenta de que nunca había conocido a alguien como Bastian. No era molesto, pero extrañamente fascinante, sólo por ser un poco excéntrico a veces. Samuel tenía curiosidad.

"Cuéntame más sobre el zapato de la dama y por qué podría ser importante notarlo", le preguntó Samuel a Bastian.

Bastian comenzó: "Porque todo era muy fascinante. Déjame explicarte: El seis me recuerda a un hexágono, la forma más perfecta de la naturaleza, y el zapato rojo, entre todos los negros que usan otras personas, introdujo una asimetría en la forma. Las asimetrías son importantes de observar porque pueden denotar cambio, y como ella estaba vestida de forma bastante extraña y estaba sentada junto al extintor, pensé que valía la pena echar un vistazo más. En cuanto a la importancia, no podría decírselo con seguridad, pero se me pasó por la cabeza que ella tenía el zapato rojo en su pie artificial, y si necesitáramos ese extintor de incendios, podríamos estar en un pequeño aprieto".

"Bueno, soy un financiero en la ciudad, y no creo mucho en una serie de coincidencias, y mucho menos en pasar tanto tiempo resolviendo cada matiz de cada encuentro fortuito. Estoy demasiado ocupado. Estoy seguro de que una llamada habría llegado a mi teléfono antes de que tuviera tiempo de fijarme en alguien", dijo Samuel. "En cualquier caso, la observación es inútil, nunca necesitaremos el extintor de incendios, y no habría importado que hubiera hasta 7 personas sentadas detrás de nosotros.

¡Importa bastante!"

Bastian le sonrió amablemente a Samuel y continuó. "Tal vez no sea tan irrelevante para tu cerebro. Múltiples posibilidades se suman a una probabilidad en una vida. Sin embargo, en los últimos 10 minutos, ocurrió algo maravilloso. A tu cerebro se le encomendó la tarea de concentrarse, recordar la memoria pictórica, un poco de matemáticas, análisis asociativo, evaluación de riesgos, y quizás, sobre todo eso, hiciste un nuevo amigo. Mejor que estar distraído por ese teléfono, del cual, espero, nuestra conversación le permitió retirarse. Si puedes hacer algo así durante sólo 2 minutos de cada hora, tu mente, más precisamente, tu cerebro, estará siempre en condiciones óptimas para la próxima reunión. No hay necesidad de café; sólo usa tu cerebro para crear su propia estimulación."

"¿Es usted real?" preguntó Samuel.

"Bastante", respondió Bastian. Continuó: "Sé que la situación de la gente que está detrás de nosotros es extraña, pero trato de fijarme en el mundo que me rodea. Me salvó de muchos accidentes de coche. Mientras conduzco, una vez que noto que la persona que está detrás de mí está en su teléfono celular, reduzco mi velocidad y freno lentamente, permitiéndole que se ponga al día a tiempo. Para ese conductor, el peligroso mito de la multitarea se estaba haciendo realidad. En pocas palabras, no existe realmente. No podemos realmente hacer multitarea ya que no tenemos cerebros multifásicos. Pero, como dije, pensar en estas cosas parece mantenerme alejado de los problemas".

"¿No eras un extraño en la escuela - burlado o intimidado?" Samuel le preguntó a Bastian.

El otro respondió: "Bueno, tuve suerte... no fui del todo a una escuela como esa. Aquí, hay un cuento alegórico que me gustaría contar. No tiene nada que ver conmigo. Básicamente, la conclusión es: no te distraigas con el distractor. El cuento es así:

Un joven entra en una entrevista para entrar en una prestigiosa universidad. El entrevistador está leyendo un periódico cuando el hombre entra y le pide que se siente. El joven decide no molestar al entrevistador, ¡más educado de esa manera, piensa! Diez minutos más tarde, el entrevistador levanta la vista y le dice al joven que puede irse.

"¿Cómo lo hice?" pregunta el joven.

"Bien, ya que nunca dijiste una palabra, no bien.

El joven respondió indignado: "¿Cómo puedes decir eso cuando estás leyendo un periódico?

"Ah", respondió el entrevistador, "Lo hice para ver si podía distraerle". Funcionó. Deberías haber valorado tu tiempo y quitarme el periódico de la mano. Entonces, habría sabido que estábamos en el mismo plano de referencia. Al sentarse allí y estar en silencio, te permitiste estar en un mundo alienígena sin protestas y te identificaste con un alienígena. Tal vez esta escuela no es para ti".

"Por cierto", dijo Bastian, al terminar su relato, "Nos dirigimos a la casa de una de las escuelas más grandes de la tierra".

El tren se detuvo en la estación al final de la terminal, y todo el mundo empezó a recoger su equipaje.

"¡Las baterías de mi celular acaban de morir! ¿Qué hora es?" preguntó Samuel.

"No lo sé", respondió Bastian mientras miraba su reloj, "pero parece que llegamos perfectamente 2 minutos tarde a la llegada. Y átate los cordones de los zapatos, para que no te caigas".

La Reunión

Los ojos de Pamela se iluminaron, y con una sonrisa intermitente, preguntó: "¿Bastian era una historia real?"

"Tan cierto como que estamos aquí", respondió Bastian.

Pamela conocía su implicación. Tenías que estar en el mismo plano de pensamiento para hacer comentarios sobre los personajes de la historia.

Bastian continuó: "Apuesto a que Samuel, cuando se despertó esta mañana, no pensó en absoluto en lo que comería o bebería para optimizar su cerebro".

En esto, Astronuff miró hacia arriba. ¿"Comida para el cerebro"? ¿Quieres decir como el café?"

"No. No del todo", respondió Bastian.

Unos años antes, a Bastian se le había ocurrido la idea de crear unas bebidas para optimizar el cerebro. Había sido una creación por necesidad; su esposa embarazada le había pedido que fuera a la tienda de comestibles a comprar su bebida vitamínica favorita. Al llegar a la tienda, y alcanzar un estante para leer la etiqueta en la parte posterior de las botellas, se horrorizó de lo que vio. Las bebidas vitamínicas *apenas* contenían vitaminas, y ciertamente no lo suficiente para hacer mucho bien a nadie. Para empeorar las cosas, estas bebidas estaban fuertemente mezcladas con azúcar y cafeína para dar una sacudida instantánea, sólo para traer al consumidor de vuelta a la tierra un poco más tarde. Estas alternancias de altas y bajas crearían su propia "adicción", un anhelo por el subidón - y el consumidor se engancharía. Bastian llamó para quejarse a su esposa de que estas bebidas no serían buenas para ella.

Ella había respondido con una voz de profesor, "Entonces ve e inventa algo mejor".

¡Qué reto! Bastian había pensado. Luego, unas pocas semanas después, *¡voilá!*, había mezclado un conjunto de bebidas que no estaban saturadas de azúcar o cafeína, y tuvo la oportunidad de estimular realmente el cerebro. Una verdadera bebida para el cerebro, si se quiere. Esto no había sido tan fácil como parecía.

¡El cerebro no es una glándula!

No es tan simple como notar una deficiencia, lo cual es raro en un cerebro sano, y simplemente proveer nutrientes para reponer lo que falta. Por ejemplo, la tiroides es una glándula. Si hay bajos niveles de hormona tiroidea, puedes simplemente dar un suplemento, Levotiroxina, para elevar los niveles de hormona tiroidea. El cerebro, sin embargo, funciona de una manera muy diferente. No es posible acceder al cerebro de forma simple y directa. El cerebro se protege a sí mismo a través de una barrera sanguínea[37] para no ser bombardeado por químicos tóxicos. El órgano es bastante selectivo en cuanto a lo que deja entrar en sí mismo. Para que estas vitaminas y nutrientes sean aceptados es necesario que las bebidas estén equilibradas y tengan las concentraciones adecuadas. Para ser aún más granular, había que elegir los ingredientes entre una amplia variedad, lo que a su vez dependía de encontrar el peso y la estructura atómica "correctos".

"¡Wow!" Pamela exclamó ante esta información. "¿Realmente pasaste sólo unas pocas semanas en esto?"

Cómodo porque ahora tenía su atención, Bastian respondió: "Me temo que sí".

[37]https://en.wikipedia.org/wiki/Blood–brain_barrier

Por supuesto, Bastian sabía que esto era un ejercicio de conocimiento teórico, ya que en realidad no había realizado ensayos clínicos para probar sus ideas, pero, en su defensa, había bastante buena ciencia sobre los ingredientes individuales. Los ensayos clínicos, si se necesitaban (y para quienquiera que los realizara en sus refrescos), tendrían que venir más tarde. Bastian no estaba "reclamando" nada más que sus ideas, y la gente podía elegir entre beber o no hacerlo a su gusto. En ese momento, simplemente estaba mezclando una receta para abordar un curioso tema planteado por su esposa. Pero ahora que se había decidido a hacerlo, ¿por qué no añadir algunas bebidas para aceptar el desafío por completo? Bastian sabía que estos tónicos tenían que ayudar no solo a los que gozaban de buena salud, sino también a los que podían estar siendo demasiado indulgentes con el alcohol y otras sustancias, o cuyas necesidades conductuales no estaban siendo satisfechas de otra manera.

Proporcionó una breve sinopsis de las bebidas que se le ocurrieron:

1. **INSPIRAR**™ se conceptualizó sobre el principio de que la tiamina es esencial para el sistema nervioso y puede reducirse mediante el consumo excesivo de

alcohol, lo que conduce a enfermedades neurológicas. La tiamina podría aliviar, o tal vez, prevenir las resacas suministrando cofactores para el Ciclo de Krebs[38] (Ver capítulo titulado Restauración - I). La riboflavina es un nutriente esencial necesario para numerosos procesos celulares, incluido el equilibrio de las monoaminas en el cerebro. La niacina aumenta el flujo de sangre al cerebro. Las vitaminas B-12 y B-6 pueden ayudar a reducir la somnolencia y promover la agudeza mental, además de ayudar a crear la hemoglobina, que lleva el oxígeno al cerebro. La biotina es un transmisor metabólico conocido por su efecto desintoxicante, y puede ayudar a combatir el letargo. El magnesio puede calmar el sistema nervioso. Cabe destacar que INSPIRAR™ contiene citilina y una pequeña cantidad de cafeína que, en un estudio doble ciego controlado por placebo y aleatorio de 60 participantes sanos, se demostró que daba lugar a "tiempos de aprendizaje y reacción significativamente más rápidos en un laberinto en una prueba de rendimiento continuo, menos errores en una tarea de ir/no ir y una mayor precisión en una medida de la velocidad de

[38] See previous chapter entitled Restoration I

procesamiento de la información", y una mejora de la amplitud del EEG del P450 que "indica una mejora general en la capacidad de acomodar información nueva y pertinente dentro de la memoria de trabajo, y una mayor activación general del cerebro" (Bruce y otros, 2014)... Por último, la citicolina parece ser importante en los seres humanos para mejorar la memoria de trabajo y, en Europa, se utiliza como parte de un tratamiento de la enfermedad de Alzheimer, la enfermedad de Parkinson y la pérdida de memoria. [39]

Bastian teorizó además que INSPIRAR™ no sólo sería un alimento interesante para el cerebro para mejorar la actividad cerebral, la agudeza y la nitidez, [40] sino que también podría constituir una estrategia para ayudar a las personas que sufren resacas, ya que sus capacidades osmóticas podrían ayudar a la hidratación celular.

2. **FELICIDAD™** se mezcló para mejorar el estado de ánimo, la tranquilidad, la felicidad y la sensación de bienestar. La niacina ayuda a aumentar el flujo sanguíneo al cerebro. La vitamina B-12 ayuda a

---

[39]https://www.webmd.com/vitamins/ai/ingredientmono-1090/citicoline

[40]https://www.thetimes.co.uk/article/can-you-drink-yourself-smarter-r9wvh0wt266

promover la función de las células cerebrales sanas y puede disminuir la irritabilidad y la depresión. El L-Triptófano es un precursor del químico esencial del cerebro, la serotonina, que ayuda a inducir el sueño y promueve un estado de ánimo positivo. En un estudio clínico de 38 mujeres sanas, se demostró que el triptófano "aumentó el reconocimiento de las expresiones faciales felices y redujo la vigilancia atenta hacia las palabras negativas, y disminuyó la respuesta inicial al sobresalto" (Murphy SE y otros, Psicofarmacología(Berl, 2006), y el agotamiento del triptófano y la fenilalanina (también en FELICIDAD™) en las mujeres sanas "aumenta la vulnerabilidad a la disminución del estado de ánimo" (Leveton, 2000). La glicina ayuda a reducir la ansiedad y puede dar la sensación de felicidad que algunos dicen tener después de tomar alcohol. La L-Glutamina es un aminoácido que se encuentra dentro del código real del ADN. Es útil para ayudar al cuerpo a aumentar su resistencia y promover el crecimiento muscular.

3. **SUEÑOS™** se inspiró en el impulso de promover la calidad, el sueño reparador y los sueños placenteros en todos. Los SUEÑOS™ también pueden ser tomados

para prevenir el desfase horario cuando se usan al principio de un vuelo largo. La vitamina B-12 ayuda a mantener los nervios y los glóbulos rojos sanos y puede proteger contra la contracción del cerebro mientras promueve el equilibrio de las funciones inmunológicas. El magnesio se utiliza para calmar el sistema nervioso. Se sabe que la melatonina tiene un efecto desintoxicante, y se reconoce ampliamente que las cantidades adecuadas ayudan a promover el sueño. En un gran metaanálisis se determinó que la melatonina era "...notablemente eficaz para prevenir o reducir el desfase horario" (Herxeimer y Petrie, 2002). La melatonina se ha asociado con "...el aumento del tiempo real de sueño, la eficiencia del sueño, el sueño no REM y la latencia del sueño REM" (Attenburrow et al. 1996), y tiene su mejor efecto, comparable al de una benzodiacepina auxiliar del sueño, cuando se toma entre las 18.00 y las 24.00 horas, pero no más tarde, porque entonces aumenta la secreción de melatonina endógena (Stone et al., 2000).

4. **El ENCENDER™** fue mezclado para extender la libido y la excitación sexual, mientras se mejora el rendimiento con su sabor a bayas mezcladas.

Formulada científicamente para aumentar la resistencia, el flujo sanguíneo y la capacidad de permanencia, contiene ingredientes como la vitamina E, un importante antioxidante, y el cromo, que es un oligoelemento esencial que puede ayudar a controlar el azúcar en la sangre como parte de una dieta saludable y ayuda a promover una libido sana. El extracto de raíz de ginseng promueve el óxido nítrico para ayudar a mantener la función sexual. El extracto de paja de avena promueve la energía y la excitación. El Extracto de Hierba de Epimedium ha reportado efectos afrodisíacos. La N-Acetil-L-Tirosina aumenta el impulso y mejora la energía. El clorhidrato de yohimbina aumenta la vasodilatación en los hombres y la congestión en las mujeres. La L-arginina es un aminoácido que favorece la recuperación saludable y que, cuando se combina con otras hierbas, se demostró, en un estudio clínico, que "mejora significativamente la función sexual" (Bottari y otros, 2013). Cuando se combinó con la yohimbina, se asoció con "respuestas de amplitud de pulso vaginal sustancialmente mayores a una película erótica a los 60 minutos posteriores a la administración del fármaco en

> comparación con el placebo" (Meston y Worcel, 2002), y con la mejora de la función eréctil en los hombres con disfunción leve (Akhondzadeh y otros, 2010).

Astronuff fue el primero en hablar esta vez, mientras se acariciaba su barba peluda, después de un considerable período de reflexión. Recordó haber trabajado con Bastian en Oxford en algunas ideas relacionadas con precursores dietéticos como el triptófano, y también, en complejos experimentos para examinar los efectos de los nutrientes dietéticos selectivos en la función cerebral. Astronuff sabía que la mayoría de los químicos del cerebro necesitaban estar en el estado y equilibrio correctos para una función óptima, y que el agotamiento de ciertos nutrientes, usando el concepto de barrera cerebral, podría resultar en poderosos efectos sobre el estado de ánimo. De hecho, se ha demostrado que si se proporciona una comida con grandes aminoácidos pero deficiente en triptófano, que es el precursor del estabilizador de humor, la serotonina, que se encuentra en el cerebro, entonces estos aminoácidos se absorben preferentemente. Si se hace a primera hora de la mañana, los individuos vulnerables a los estados de ánimo bajos son sombríos a media mañana y literalmente lloran a primera hora de la tarde, si no antes. Todo esto podría ser corregido rápidamente con una gran dosis de l-triptófano[41]

Astronuff también sabía que los niveles de l-triptófano se asocian con la estabilización no sólo del humor sino también de la cognición, y que estaban surgiendo nuevas teorías sobre los mecanismos del eje intestino-cerebro para elevar los estados de ánimo y el bienestar general.

"Bueno, has estado ocupado en tu tiempo libre", declaró Astronuff. "No voy a debatir los méritos de dar suplementos a personas con deficiencias porque eso es obvio. Las vitaminas son esenciales para mantener una buena salud, y como el cuerpo no las produce en su mayor parte, hay que ingerirlas. [42] La verdadera pregunta es si estos suplementos ayudan a los individuos que están sanos, y por cuánto tiempo".

Bastian esperaba esta pregunta, pero antes de que pudiera responder, Pamela saltó.

"Algunos dicen que toda esta toma de vitaminas es sólo un placebo, y en realidad comenzó en serio con el Dr. John Myers en Baltimore. Hay muy pocos estudios sobre la sobrecarga de

---

[41] https://www.ncbi.nlm.nih.gov/pmc/articles/PMC4728667/
[42] https://www.ncbi.nlm.nih.gov/books/NBK236216/

vitaminas, aunque muchas celebridades parecen jurarlo, especialmente las infusiones rápidas".

Bastian dejó su taza de té y se aflojó el cuello. Estas eran preguntas importantes de gente muy inteligente que él respetaba.

La respuesta llegó rápidamente. "Aplaudo que estén viendo esta pregunta en términos de una hipótesis nula, [43] lo cual, dicho simplemente, significa que empiezan asumiendo que no hay diferencia entre dos condiciones, y tienen que probar que su condición activa es mejor que la condición de placebo. Pero hay muchas suposiciones en esas afirmaciones que realmente olvidamos. Por ejemplo, suponemos que las personas en cualquier condición comparativa son similares sobre la base de variables biológicas paramétricas, simplemente medidas, como la edad, el peso, el sexo y similares; sin embargo, ¿podemos realmente equilibrar sus expectativas?"

Al no recibir respuesta, continuó. "Los experimentos también se realizan con un cierto conjunto de variables cuantificadas - como, se espera que aparezcas en un cierto día a una hora determinada - mientras el experimento de la vida está en

[43] https://en.wikipedia.org/wiki/Null_hypothesis

marcha. Es cuasi-experimental. Esos parámetros de expectativa no se reequilibran cada vez que una persona se presenta a un experimento, pero la expectativa es que haya una aleatoriedad a este efecto, y si se muestrea un gran número de personas, la aleatoriedad se distribuirá uniformemente entre los grupos. Esto es, en sí mismo, una suposición poderosa".

Empujando hacia atrás en su silla hasta que casi se cayó de ella, Astronuff se volvió bastante provocador, sin intención de quedarse atrás o perder la discusión.

"Bastian, ¿es una especie de argumento basado en la casuística?[44]", ladró.

Bastian mantuvo la compostura y respondió más educadamente de lo que Astronuff se merecía.

"No soy abogado, ni soy discípulo de Aristóteles (384-322 a.C.) que fue famoso por sus argumentos basados en la casuística. Pero como saben, el término casuística ha sido más abusado por aquellos que no lo entienden completamente. Deberías leer el libro de Albert Jonsen y Stephen Toulmin sobre el abuso de la casuística, si no lo has hecho ya".

---

[44]https://en.wikipedia.org/wiki/Casuistry

"Tranquilos, muchachos. Esto es sólo nosotros charlando de ciencia. No hay necesidad de entrar en la filosofía, o peor aún, en la religión, que no son nuestras especialidades. ¿Podemos volver a la ciencia? Y Bastian, ¿qué opinas de las posturas de Astronuff?" Pamela dijo sabiamente, pero la comisura del labio levantada y el brillo de sus ojos revelaron que estaba realmente en condiciones de hacer travesuras. Ella había arrojado el guante entre Astronuff y Bastian, y se nombró a sí misma árbitro de un solo golpe; como el mediodía en un spaghetti western. [45] Pamela se había colocado en una posición sin riesgo, donde podía presidir y gobernar.

Qué inteligente de su parte, reflexionó Bastian más tarde, *para ser el "bueno", mientras que Astronuff y yo nos peleamos por quién era el "malo" y quién el "feo".*

En el presente, Bastian pensó momentáneamente antes de responder.

"Una parte importante de la suposición es su palabra 'sano'. Muchos de nosotros no estamos particularmente sanos, y la mayoría de nosotros no tenemos nada parecido a una dieta

---

[45]https://en.wikipedia.org/wiki/Spaghetti_Western

saludable.[46] Las deficiencias de vitaminas son realmente muy comunes. Por favor, permítame proporcionarle algunos datos. Al otro lado del estanque donde vivo (es decir, en los EE.UU.), alrededor del 42% de la población tiene una deficiencia de vitamina D. Entre el 80 y el 90% de los vegetarianos y veganos tienen una deficiencia de vitamina B12. Por lo tanto, esa persona saludable en su descripción es menos común de lo que usted piensa, y ni siquiera he mencionado lo común que son las deficiencias de oligoelementos como el selenio, el cromo y el magnesio! ¿Con qué frecuencia estas personas "sanas" realizan un panel para determinar los niveles completos de vitaminas, a menos que no se sientan bien? Muy pocas, yo propondría."

Astronuff respondió: "Te concedo eso, Bastian, ¿pero esto también es específico de la región?"

"Es curioso que preguntes eso", comentó Bastian, sonriendo. "Si se unieran los hallazgos sobre cantidades significativas de individuos con una deficiencia vitamínica de un tipo u otro, y la presencia de un alto nivel de estrés - que puede ser natural como el embarazo o basado en situaciones como el trabajo, la

[46]https://www.healthline.com/nutrition/7-common-nutrient-deficiencies#section2

escuela, el exceso de alcohol u otras sustancias, la fiesta a menudo, y básicamente el quemar la vela por ambos extremos - se vería que una porción significativa de la población es vulnerable. Además, el uso inteligente de suplementos para tratar los "síntomas", si se hace con sensatez, puede ser una parte importante de los planes de tratamiento holístico para muchos. Por último, una forma fácil de administrar vitaminas puede ser por vía intravenosa, pero hay que tener cuidado de no administrar una sobredosis significativa, ya que esto también puede causar problemas de salud".

Pamela interrumpió.

"Muy bien entonces, esto es lo que entiendo hasta ahora: No estamos abogando por dar suplementos vitamínicos a personas completamente sanas que no están en una situación de alta demanda o de presión y cuyo nivel de inmunidad es normal. Ni para aquellos que no se excedan en ningún sentido, ya sea con el alcohol, las drogas, las sustancias o las fiestas. No buscamos dar estos suplementos a personas que lleven una dieta omnívora perfectamente equilibrada, que no tengan problemas de salud significativos que puedan afectar o alterar los niveles de vitaminas, o a aquellos que revisen regularmente sus niveles de vitaminas".

Bastian y Astronuff asintieron con la cabeza.

"Más bien", expuso, "lo que estamos disputando es lo que constituye 'saludable' y el enfoque de ello". Astronuff defiende que saludable para él significa la ausencia de enfermedades graves, mientras que Bastian utiliza el término para definir un "estado óptimo" de salud física y equilibrio emocional. Bastian también está diciendo que por su definición, hay una porción significativa de personas que no podrían ser definidas como saludables en el mundo occidental y que estas personas podrían beneficiarse de los suplementos. Este beneficio sólo se aplica cuando se puede hacer en dosis adecuadas. La ruta de administración, ya sea oral, intravenosa o una combinación de ambas, es una elección entre el médico y el paciente". Miró a su alrededor de nuevo, y sin encontrar ninguna disensión, continuó.

"Finalmente, Bastian señaló que la expectativa es importante. Para muchos, la palabra "expectativa" o "placebo" es casi como una palabra sucia.[47] Algo ineficaz, y una pérdida de tiempo. Pero en realidad, la expectativa es una herramienta muy poderosa en la medicina; algunos dicen que es la mejor droga jamás inventada. Todos los médicos confían en el hecho de

[47] https://phwgroup.com.au/placebo-is-not-a-dirty-word/

que la gente que viene a verlos quiere ser "mejor", para ayudar en el proceso de su recuperación. De hecho, no suele observarse lo contrario (excepto en el caso de algunas enfermedades mentales), por lo que el paciente va a ver a su médico con la expectativa de promover un deterioro de su condición. Por lo tanto, esta área de la suplementación es difícil de estudiar empíricamente".

Pamela se levantó de su silla, lo que hizo que Bastian y Astronuff hicieran lo mismo.

"¡Síganme muchachos! ¡Hora de una cerveza y un insalubre sándwich de tocino para el almuerzo!", ordenó y desapareció afuera bajo el sol abrasador.

Lecturas y Referencias Adicionales

Bastian, reflexionando sobre su viaje al Colegio de la Magdalena era, por supuesto, consciente de que el Premio Nobel de Fisiología y Medicina de 2019 fue otorgado a Sir Peter Radcliffe (⅓ compartido), quien ocupó la Cátedra Nuffield de Medicina Clínica entre 2003-2006, por su trabajo sobre la respuesta fisiológica del cuerpo a los bajos niveles de oxígeno en las células, resultó ser un miembro supernumerario del Colegio de la Magdalena. [48]

[48] https://en.wikipedia.org/wiki/Peter_J._Ratcliffe

Algunas Observaciones Finales del Libro 1 de 3

Felicitaciones por llegar al final de este primer libro que introdujo la psicología del bienestar del cerebro, y los poderes restauradores de la nutrición.

En este primer libro, se le presentó a Bastian, quien a través de su propia infancia y aprendizaje, comienza a comprender plenamente lo que realmente se necesita para aceptar a otra persona. Usando historias alegóricas, Bastian no sólo muestra cómo hacerlo sino también cómo no hacerlo. Las lecciones aprendidas son, quizás, algo dolorosas pero importantes para la comprensión.

A continuación, Bastian comienza a reflexionar sobre la cuestión de cómo mantener nuestros cerebros no sólo sanos sino en condiciones óptimas. Se pregunta por qué no es una meta importante para todos a pesar de ser el órgano de "control maestro" del que depende todo lo demás. Nunca obtiene una buena respuesta a su propia pregunta, pero comienza a sugerir procesos de restauración simples, principalmente a través de la nutrición. El objetivo de Bastian es plantear que si la tarea es simple, y los resultados beneficiosos son obvios, entonces seguramente será un argumento persuasivo para continuar con el proceso.

Finalmente, Bastian introduce el concepto de que los que abusan del alcohol o las drogas necesitan apoyo nutricional. De hecho, él cree que proveer el apoyo nutricional correcto es crítico para prevenir los estragos en el cerebro de las sustancias abusadas. Bastian también cree que el apoyo nutricional es crítico para el proceso de recuperación de la adicción.

En el siguiente libro, para continuar el viaje de descubrimiento de Bastian, introduce el concepto de tratar las adicciones usando un enfoque de medicina personalizada - ¡verdaderamente el futuro del campo!

Lecturas y Referencias Adicionales

Sobre el Autor

1. Johnson BA, Roache JD, eds. *La adicción a las drogas y su tratamiento: nexo entre la neurociencia y el comportamiento.* Filadelfia, PA: Lippincott-Raven Publishers; 1997.
2. Johnson BA, Ruiz P, Galanter M, eds. *Manual de tratamiento clínico del alcoholismo.* Baltimore: Lippincott Williams & Wilkins; 2003.
3. Johnson BA, ed. *Medicina de la adicción: ciencia y práctica.* Nueva York: Springer Science+Business Media; 2010.
4. Johnson BA, Roache JD, Javors MA, DiClemente CC, Cloninger CR, Prihoda TJ, Bordnick PS, Ait-Daoud N, Hensler J. Ondansetron para la reducción del consumo de alcohol entre pacientes alcohólicos con predisposición biológica: un ensayo controlado aleatorio. *JAMA.* 2000;284:963-971.
5. Johnson BA, Ait-Daoud N, Bowden CL, DiClemente CC, Roache JD, Lawson K, Javors

MA, Ma JZ. Topiramato oral para el tratamiento de la dependencia del alcohol: un ensayo controlado aleatorio. *Lancet.* 2003;361:1677-1685.

6. Johnson BA, Rosenthal N, Capece JA, Wiegand F, Mao L, Beyers K, McKay A, Ait-Daoud N, Anton RF, Ciraulo DA, Kranzler HR, Mann K, O'Malley SS, Swift RM, Junta Asesora del Topiramato para el Alcoholismo, Grupo de Estudio del Topiramato para el Alcoholismo. Topiramato para el tratamiento de la dependencia del alcohol: un ensayo controlado aleatorio. *JAMA.* 2007;298:1641-1651.
7. Anton RF, O'Malley SS, Ciraulo DA, Cisler RA, Couper D, Donovan DM, Gastfriend DR, Hosking JD, Johnson BA, LoCastro JS, Longabaugh R, Mason BJ, Mattson ME, Miller WR, Pettinati HM, Randall CL, Swift R, Weiss RD, Williams LD, Zweben A, COMBINE Grupo de Investigación del Estudio. Combinación de farmacoterapias e intervenciones conductuales para la dependencia del alcohol - El estudio

COMBINE: un ensayo controlado aleatorio. *JAMA.* 2006;295:2003-2017.

8. Johnson BA, Ait-Daoud N, Seneviratne C, Roache JD, Javors MA, Wang X-Q, Liu L, Penberthy JK, DiClemente CC, Li MD. Enfoque farmacogenético en el gen transportador de serotonina como método para reducir la gravedad del consumo de alcohol. *Am J Psiquiatría.* 2011;168:265-275.
9. Johnson, BA. Medicina de Adicción. Publicado por Elsevier, 2019

---

[i] **Restoration I: The Power of Nutrition**

1. Defeng, Wu et al https://pubs.niaaa.nih.gov/publications/arh27-4/277-284.htm
2. Emily Oken, Robert O. Wright, Ken P. Kleinman, David Bellinger, Chitra J.

Amarasiriwardena, Howard Hu, Janet W. Rich-Edwards, and Matthew W. Gillman

3. Helland IB1, Smith L, Saarem K, Saugstad OD, Drevon CA. Pediatrics. 2003 Jan; 111(1):e39-44. Maternal supplementation with very-long-chain n-3 fatty acids during pregnancy and lactation augments children's IQ at 4 years of age.
4. Lieber, C.S. Cytochrome P450 2E1: Its physiological and pathological role. *Physiological Reviews* 77: 517–544, 1997.
5. Nanji, A.A., and Hiller–Sturmhöfel, S. Apoptosis and necrosis. *Alcohol Health & Research World* 21:325–330, 1997.
6. Published online 2005 May 26. doi: 10.1289/ehp.8041 Environ Health Perspect. 2005 Oct; 113(10): 1376–1380. Maternal Fish Consumption, Hair Mercury, and Infant Cognition in a U.S. Cohort
7. Sadrzadeh, S.M.; Nanji, A.A.; and Price, P.L. The oral iron chelator, 1,2–dimethyl–3–hydroxypyrid–4–one reduces hepatic free iron, lipid peroxidation and fat accumulation in chronically ethanol–fed

rats. *Journal of Pharmacology and Experimental Therapeutics* 269:632–636, 1994.

8. Sultatos, L.G. Effects of acute ethanol administration on the hepatic xanthine dehydrogenase/xanthine oxidase system in the rat. *Journal of Pharmacology and Experimental Therapeutics* 246:946–949, 1988.
9. The other place (https://en.wikipedia.org/wiki/Talk%3AThe_Other_Place#Oxford/Cambridge_Use_of_%22The_Other_Place%22)
10. Tsukamoto, H.; Horne, W.; Kamimura, S.; et al. Experimental liver cirrhosis induced by alcohol and iron. *Journal of Clinical Investigation*96:620–630, 1995.
11. Yurko-Mauro K1, McCarthy D, Rom D, Nelson EB, Ryan AS, Blackwell A, Salem N Jr, Stedman M; MIDAS Investigators. Alzheimers Dement. 2010 Nov;6(6):456-64. doi: 10.1016/j.jalz.2010.01.013. Beneficial effects of docosahexaenoic acid on cognition in age-related cognitive decline.